U0107110

余秋雨定稿合集

修行三阶

Three Stages
of
Self-cultivation

北京联合出版公司
Beijing United Publishing Co.,Ltd.

余秋雨简介

中国当代文学家、美学家、史学家、探险家。

一九四六年八月生，浙江人。早在"文革"灾难时期，针对以"样板戏"为旗号的文化极端主义，勇敢地潜入外文书库建立了《世界戏剧学》的宏大构架。灾难方过，及时出版，至今三十余年仍是这一领域的权威教材。

二十世纪八十年代中期，因三度全院民意测验皆位列第一，被推举为上海戏剧学院院长，并出任上海市中文专业教授评审组组长，兼艺术专业教授评审组组长。曾任复旦大学美学博士答辩委员会主席、南京大学戏剧博士答辩委员会主席。获"国家级突出贡献专家"、"上海十大高教精英"、"中国最值得尊敬的文化人物"等荣誉称号。

在担任高校领导职务六年之后，连续二十三次的辞职终于成功，开始孤身一人寻访中华文明被埋没的重要遗址。所写作品，往往一发表就哄传社会各界，既激发了对"集体文化身份"的确认，又开创了"文化大散文"的一代文体。

二十世纪末，冒着生命危险贴地穿越数万公里考察了巴比伦文明、克里特文明、希伯来文明、阿拉伯文明、印度文明、波斯文明等一系列重要的文化遗址。他是迄今全球唯一完成此举的人文学者，一路上对当代世界文明做出了全新思考和紧迫提醒，在海内外引起广泛关注。

他所写的大量书籍，长期位居全球华文书排行榜前列。在台湾，他囊括了白金作家奖、桂冠文学家奖、读书人最佳书奖等多个文学大奖。

在大陆，多年来有不少报刊频频向全国不同年龄的读者调查"谁是你最喜爱的当代写作人"，他每一次都名列前茅。二〇一八年他在网上开播中国文化史博士课程，尽管内容浩大深厚，收听人次却超过了六千万。

几十年来，他自外于一切社会团体和各种会议，不理会传媒间的种种谣言讹诈，集中全部精力，以独立知识分子的身份完成了"空间意义上的中国"、"时间意义上的中国"、"人格意义上的中国"、"哲思意义上的中国"、"审美意义上的中国"等重大专题的研究，相关著作多达五十余部，包括《老子通释》、《周易简释》、《佛典译释》等艰深的基础工程。联合国教科文组织、北京大学等机构一再为他颁奖，表彰他"把深入研究、亲临考察、有效传播三方面合于一体"，是"文采、学问、哲思、演讲皆臻高位的当代巨匠"。

自二十一世纪初开始，赴美国国会图书馆、联合国总部、哈佛大学、耶鲁大学、哥伦比亚大学等处演讲中国文化，反响巨大。二〇〇八年，上海市教育委员会颁授成立"余秋雨大师工作室"；二〇一二年，中国艺术研究院设立"秋雨书院"。

二〇一八年五月，白先勇和"远见·天下文化事业群"创办人高希均、王力行赴上海颁授奖匾，铭文为"余秋雨——华文世界最具影响力的一支笔"。

近年来，历任澳门科技大学人文艺术学院院长、香港凤凰卫视首席文化顾问、上海图书馆理事长。（陈羽）

作者近影。二〇一九年十一月二十一日，马兰摄。

目 录

上部　破惑

中部　问道

下部　安顿

附录　略谈人文素养

题　记

这本书的主题是修行，比较完整地归纳了我的人生感悟。

修行本来是一个佛教命题，是指人们依据佛法修持"戒、定、慧"，来断除烦恼。其实除佛教之外，在中国的哲学系统中，儒家和道家也重视修行。加在一起，大致是泛指为了提升人格境界而主动投入的精神训练过程。

仅仅这么一说已经让人觉得太深奥了，因此本书摆脱抽象概念，只从实践的角度把修行分成"破惑"、"问道"、"安顿"三大环节，带着人们一个台阶、一个台阶地往上走，因此称之为"三阶"。

"破惑"部分，仔细分析了人人都会遇到的"灾之惑"、"位之惑"、"名之惑"、"财之惑"、"潮之惑"、"仇之惑"的引诱和危险。我逐一回顾自己在破除这每一个"惑"而达到"不惑"的过程中，如何使艰难的修行变得切实可行。

"问道"部分，我从佛、道、儒和魏晋思想家的多重智慧中筛选出直接有助于修行的精神助力，这也使个人修行融入了千年共修。这一部分，内容比较系统，可看作是对中国宗教文化史的当代萃取。我曾在喜马拉雅网上教育平台上试着讲述，这么艰深的内容居然也吸引了八千多万人次的听课者，而且都给了很高的评价。由此可知，愿意与我一起问道的人，很多。

"安顿"部分，是全部修行的总结，也就是指出修行者在经历了重重"破惑"、"问道"之后如何实现心灵安顿。本书提出了"生存基点"、"因空而大"、"天地元气"、"本为一体"、"相信善良"、"我在哪里"、"日常心态"这七个方面，概括了一个修行者终于上升为一个觉悟者的精神构建。

上部

破惑

难在不惑

一

什么叫"修行"？

下定义是容易的，做起来却很难。难就难在，很多人一上来就走偏了。

怎么走偏？那就是一说修行，就忙着找书籍，找导师，找讲座，找寺院，找"仁波切"。

本来找找也可以，但我要立即做一个提醒：修行的关键，不在于吸取，而在于排除；不在于追随，而在于看破。

排除什么？排除大大小小的"惑"。

看破什么？看破大大小小的"惑"。

先说"小惑"。那就是我们平常不断遇到的疑惑、困惑。一个个具体的问题，一段段实际的障碍，等待我们逐一解答，逐一通过。

再说"大惑"。那像是一种看不到、指不出的诡异云气，天天笼罩于头顶，盘缠于心间。简单说来，"大惑"，是指对人生的误解、对世界的错觉。

修行，就是排除这些误解，看破这些错觉，建立正见、正觉。

这有点累。那么请问，人生在世，能不能不修行，不排除，不看破？

当然也能。但是，世间之"惑"，相互勾连。一"惑"存心，迟早会频频受到外来的迷惑、诱惑、蛊惑。自己受到了，又会影响别人。如此环环相扣，波波相逐，结果必然造成世事的颠倒，生命的恐惧。

二

有一种惯常的误会，以为知识和学问能够破惑。就连韩愈都说过，教师的任务之一，就是为学生"解惑"。但是，人们渐渐发现，身边很多知识分子，虽然也能解答一些"小惑"，却总在扩大着世间"大惑"。用口语来说，他们都是在给民众添堵、添累、添乱。

三十年前，我曾担任上海市高校中文专业兼艺术专业的教授评审组组长，后来又担任过国内好几所著名大学的博士学位答辩主席，读到过太多太多"重大学术论著"。那么多堆积如山的论著，在总体上实在不敢恭维。

任何一个题目一旦出现在这些论著里，往往会变得冗长、琐碎、艰涩、复杂，让人头涨、头晕、头痛、头昏。这就是"惑"的基本效能。不难想象，当这些论著变成教材，在课堂上讲上一年半载，将会是什么情景。

不少教授、博士的现实人生，也陷于"大惑"之中。他们基本上都是好人，但很少真正关注世间大道、人类价值、普遍正义。他们的眼角时时打量着同行、同事在社会虚衔、会议邀请、项目经费、招生名额上的任何信息，结果总是寝食难安、焦虑不堪。他们为人生开辟了一个个无形的战场，天天暗战，夜夜舔伤，永远没有偃旗息鼓的日子。

比教授、博士更严重的，是高官和富商。他们的权位和财富，在一般人看来，应该可以解决世间的千难万难、千惑万惑，但事实如何呢？他们中的许多人，把自己很普通、很寻常的生命涂上了权位和财富的金粉，颐指气使，不可一世。这就让平民百姓产生一个巨大的误会，以为人生的价值全在权位和财富。一代代家长便以这种标准训导子女，变成了一种社会通例。其间虚掷了多少生命，简直无法想象。他们自己，更是惧怕权位和财富的失去，不能不在趾高气扬中担惊受怕，上下其手。把这些现象加在一起，那就是"既惑人，又惑己"。

因此，修行之要，就是"破惑"。破了一个又一个，最后达到"不惑"。

每破一个"惑"，抬起头来，就会觉得惠风和畅、秋高气爽。一连破几个"惑"，放眼望去，顿时会领略海阔天空，烟波浩渺。如果能够抵达"不惑"的境界，那么，人生就会真正抵达自在的境界。

三

这事不能太急，也不能太拖。

孔子为"不惑"划定了一条年岁界线：四十岁。

他在《论语·为政》中有一段著名的自述："吾十有五而志于学，三十而立，四十而不惑，五十而知天命，六十而耳顺，七十而从心所欲，不逾矩。"

这个过程比较长，我们不妨截取"三十而立，四十而不惑"这两个时段来说一说。

你看，三十岁已经"立"了，却要到四十岁才能"不惑"。整整花了十年，而且是人生精力最充沛、思维最活跃的十年。

孔子所说的"立"，是指"立身"，就是让自己成为一个有根基、有地盘、有专长、有成绩、有形象、有公认的人。这不是很多人追求的目标吗？怎么还要经历漫长的十年，才能进入"不惑"呢？

确实，在普通民众看来，"惑"是小事，"立"是大事。但是，孔子排定的年岁做出了相反的回答。

仔细一想便能明白，人们正是从种种"立足点"上，生出无穷无尽的"惑"。无论是专业的立足点、权力的立足点，还是人际的立足点、财产的立足点，都带来大量的竞争感、嫉妒感、危机感、忧虑感。这些"感"，其实都是"惑"。追根溯源，肇祸的是"立足点"，也就是"立"。

即便是最好的"立"，也是一种固化，一种占领，一种凝结，一种对传统逻辑的皈依，一种对人生其他可能的放弃，一种对自身诸多不适应的否认，一种对种种不公平机制的接受。这，怎么能不造成重重叠叠的"惑"呢？

因此，由"立"到"不惑"，是一个极为艰难的过程。十年，还是少说了。只有自信如孔子，才敢这么说。

我认为，孔子的伟大之一，是对"不惑"这一命题的发现、提出、悬示。事实证明，四十岁之后的孔子，并没有达到"不惑"。他五十岁之后做了几任官，都磕磕碰碰。从五十五岁到六十八岁带着弟子周游列国，那就更不顺了，处处碰壁，又不知何故，甚至觉得自己像一条"丧家犬"，怎么能说得上"不惑"呢？

"不惑"的目标没有达到，但他时时都在"破惑"。甚至，为了"破惑"不惜流浪野外，年年月月叩问大地，泥步漫漫未有穷尽，直到怆然暮年。如此人生长途，正该百世仰望。

孔子的经历告诉我们，一个高尚的人，也会有很多"惑"。这么一想，就可以让我的笔下放松了。此后讲"惑"多"惑"少，未必关及生命等级。桑园鸟雀也会面临麻烦，高天大鹏也会有风云之叹。

明白了这种高低，我也就有信心来讲述自己的"破惑"经历了，因为其中不存在自夸的意义。我只是有点焦急，天天看到周围的人一心追求各种各样的"立"，却不知破"惑"。我除了推门而出，现身说法，把自己的亲身感受当作教材，已经没有其他办法劝诫了。

而且，我的年岁，也在催我不能不讲了。

老人唠叨，已无他求；话重话轻，皆是心声。

正觉的种子

一

我这一生，破除的"惑"比较多。

不少看起来似乎很难破除的"惑"，也都被我一一破除了，使周围的朋友非常吃惊。

但是，取得如此成绩，并不全是个人的努力。仔细回想，在早期，有两个强大的客观因素起了重要作用，一是干净的童年，二是肮脏的灾难。

先说童年。

我有一个切身体会：一个人，如果在穷乡僻壤度过童年，很可能是一种幸运，因为这会让他从起点上领略最朴素的真实，为正觉留下种子。所谓"正觉"，就是未染虚诳的简明直觉。因此，这些正觉的种子，正是我毕生破"惑"的深层原因，也是我后来接受大艺术、大哲学的基点。

举个例子吧。

我们村里，对生死之界看得相当平易。

村子里几乎没有人去过县城，平日都在田里农作，比较正规的外出就是进山扫墓。

田里，劳累而平庸；山间，美丽而神奇。因此，进山便是村人的乐事。到得长辈坟墓跟前，总是以墓边草树的长势与长辈开玩笑。"爷爷，今年您有点儿偷懒了，这杨梅比不上外公那边"；"叔叔，您的几棵松树长势不错，累着了吧？"……

村里哪位老人去世了，必然全村恭送进山，就像现在城里人送别一位退休职工，没有太多伤感。孩子们更是在送葬队伍的前后蹦跳、戏耍，采花摘果，一片欢快。孩子们从小就相信，只有我们的笑声，才能让长眠的老人心安。

连生死之界都看得这么淡，当然就更不在乎贫富之界了。我们村子里的农民，全都匍匐于春种秋收、菜蔬鱼蚌之间，家家户户的生活大同小异，差别实在不大。吃饭时分，邻居之间都有端碗游走的习惯，筷子伸到四五家的碗碟里去，十分自然。哪一家若有意外的吃食，例如网了几条大鱼，或抓了两只野鸭，一定是全村的事。即使谁家的冬瓜、南瓜长得特别大，也会煮熟了分给各家。正因为这样，后来一定要在村子里划分出地主、富农、中农、贫农，还让他们之间展开"阶级斗争"，实在是难上加难。

几里之外稍大一点的村子里，倒真有几户有钱人家。有钱，是因为做了丝绸和药材的生意，因此，并没有"剥削"四乡民众的痕迹。

说了"贫富之界",再看看"官民之界"。

村里管事的，原来也有名义上的"保长"和"甲长"，主要是在庙会期间领头舞个狮，在火灾时派人敲个锣。村子里的事情分两拨，一拨是庄稼的事，一拨是各家的事，他们都管不到。他们有自己的庄稼、自己的家，怎么会去管别人的？"新社会"开始后，上面派下来一个"村长"，是一名复员的残疾军人，很客气，见人就笑。他只做两件事：一是根据上面的布置召集村民开个会，村民都在昏暗的油灯下打瞌睡，他用大家都听不太明白的外地口音读点什么，也就散了；二是村里年轻人结婚，他会被邀请到婚礼上站在中间，还是用大家都听不太明白的外地口音说几句好话。他做"村长"的酬劳，就是按规定在村民每年"缴公粮"时给他留下一袋。村民总想给他多留一点，因为他有残疾，不能劳动，而他总是推拒着，说："够了，够了，足够了！"

在村民心目中，做"村长"，是因为不能自食其力，需要照顾。

——这就是我童年时代留下的有关生死之界、贫富之界、官民之界的正觉。

这些正觉很浅陋，却能使我后来遇到种种台阶、竞争、理论、学派时，投去不太信任的目光。因此，我把这种童年正觉，称之为"初元正觉"。

二

那就要说说对于教育的"初元正觉"了。

我在乡下接受的早期教育，更让人难以置信。

几个疑似逃婚的外地少女，在一座破落的尼姑庵里办了第一所小学，我就成了她们的学生，但她们自己还都没有小学毕业。我妈妈文化不低，却一心在为村里的成人办"识字班"，不怎么管我，却要我从三四年级开始就夜夜为村民写信、记账，算是我的"课外作业"。我从这样的小学毕业后到上海来考中学，上海的亲戚们全都摇头，因为当时上海的教育水准就已经足以傲视千里了。但是，让他们惊讶的是，我很快就获得了上海市作文比赛第一名、数学竞赛第七名。其实原因很简单，我没有被刻板而繁重的课程剥夺了天性，而且毕竟写过那么多信、记过那么多账。

几十年后，我惊喜地找到了当年小学的何杏菊老师。何老师抱歉地说："你所有出版的书，我都很难读懂。回想自己当年小学还没有毕业就来教你们，真不合格。"

我说："何老师，您最合格。我一生有关阅读和写作的全部快乐，都是由您启动的。"

国际上有一些专家说，人在七岁左右就完成了味觉记忆的储存。今后不管活得多久、走得多远，只要尝到童年时代的那种口味，就会无限欣喜。那是口味上的"初元正觉"，其他正觉，也可以此类推。

三

童年时期的正觉，就像那个看穿"皇帝新衣"的孩子的目光。整个街道都陷入了"惑"，并在"惑"中互相欺骗，只有这个孩子无"惑"，大声喊了出来。

他的喊声很孤单，却惊世骇俗；很纯净，却振聋发聩。

——这就是"初元正觉"的存在形态。

但是，孩子会长大，他还会保持这番目光、这番喊声吗？估计很困难。满街的成年人也都有过这样的童年，为什么都失落了呢？

失落的程序，是一级级文明的台阶；失落的理由，是一段段公认的逻辑。

因此，谁都很难幸免，包括这个孩子。

其实，我就是这样一个眼看就要失落正觉的孩子。

因为，我快速地成了一个地道的上海人，不仅以优秀的成绩高中毕业，考上了当时最难考的高校，而且领略了一座西派大都市的生态默契。此后，我还会学习很多课程，接受很多学问，涉足很多竞争。我似乎已经踏上了一圈圈不断往上旋转的楼梯，在好奇、兴奋、专注中步步攀缘，却不知道自己已经开始迷路。

我有可能变成各种"人物"，只是，再也不可能变回那个看穿"皇帝新衣"的孩子了。我会永远地失去那种目光、那种声音。

没想到，一场政治运动改变了这一切。

突然之间，我无法学习那些课程了，无法接受那些学问了，无法攀缘那个楼梯了。一切都归零，什么也没有了。

这就是我在十九岁时的遭遇。这遭遇使干净的童年走向深刻。

这段历史大家都很熟悉，但在这里我要从修行的角度，说说负面的遭遇很可能是我们找回自己、看穿假象的一个机会，因此也是修行的起点。

初看，并不是修行的机会。你看我家，父亲被批斗关押，叔叔被迫害致死，全家八口人衣食无着、饥寒交迫，而我是大儿子，必须把担子挑起来。其间，我和全家老少，受尽了难以想象的身心屈辱，却又看不到一丝一毫的希望。

在那场政治运动中，掌权者像"走马灯"似的不断更换。先是造反派之间通过武斗来更换，后来根据中央指示又换成了工人掌权、军人掌权，甚至还有被"解放"了的"老干部"掌权。每次更换，都会"新官上任三把火"，揭露前任劣迹，提出新的口号，展示新的希望。

当时，我周围很多人都被这种"走马灯"转晕了。天天听报告，夜夜学文件，时时有期盼，人人都心慌。正是在这种混浊的旋涡中，我的表现让大家非常吃惊。有两位熟人后来写回忆文章说，我在几度带头与造反派对抗全部失败后，便完全撤退，只在远处冷眼旁观，除了照顾家人，就是埋头英文。

我为什么会这样？回想起来，那是因为突然降临的一切让我一下子回到了那个看穿"皇帝新衣"的孩子的目光。那个孩子不也是在拥挤的人群中，伸出头来发现真相的吗？我童年时代播下的"初元正觉"，重新复苏。

童年时代的目光，纯净而冷静，因此也可以说是纯净的"冷眼"。他们说我"冷眼旁观"，并不夸张。种种"外惑"的邪光都是有热度的，我当时埋头英文是想借用一顶外国的草帽，来遮断那些邪光，让冷眼始终是冷眼。

首先让我的"冷眼"看不下去的，是那一堆不符合身边事实的大话。

当时的大话，铿锵豪迈，气势如虹。大意是：环视全球，贫困的国家水深火热，等待着我们去援助；富裕的国家也已经气息奄奄，等待着我们去埋葬。

对此，我的"冷眼"提出了疑问：是这样吗？那么请问，我的父亲为什么被关押？我的叔叔为什么被逼死？什么地方能找到我们全家老少的口粮和寒衣？

接着看不下去的，是那一堆不符合语文课本的口号。

当时的口号，完全跌破了每个年级语文老师划定的文字底线。后来才知，这是为了抵挡国际话语，故意追求低智。当时，传媒上最流行的句子有："斗私批修不过夜，狠斗私字一闪念"；"随身带选集，开口是语录"；"谁敢丝毫不忠，交给革命群众"；"哪里有演变，砸个稀巴烂"……这，居然是一个文明古国、一个世界大国的官方话语？我想，即使是我们小学的何老师看到我们写出这样的句子，也会无地自容，因为学生让她丢脸了。

这两点，是我从一开始就看不下去的。熬了两个月，它们依然猖獗，我就觉得一定在背后隐藏着一个根本原因，于是就不放过了，一路边看边想。

我的思考和发现，我后来在《文化之痛》一文中曾经详加论述。

看穿，有可能陷入颓唐，也有可能提升勇气。我选择的是后者。

四

看穿和勇气之间，还有不少距离。

那个看穿"皇帝新衣"的孩子的叫喊，其实只是诚实，而不是勇敢。若想上升为勇敢，他还要继续努力。

据我本身的经验，对于被自己看穿的一切，不要轻易放过，而是要继续看下去，并且让自己的目光渐渐发生变化。目光的变化，正是修行的步履。

目光怎么发生变化？先由"畏视"变成"平视"，然后再由"平视"变成"逼视"和"透视"。终于，抵达了"轻视"和"俯视"。

对气势汹汹的对象能够"平视"，那是从最初的惊吓中找回了自己；

"逼视"和"透视"则让自己成为一个严峻的观察者和思考者；

观察和思考的结果，是发现它们的本质，以及本质背后的虚弱，那就可以"轻视"和"俯视"了。

我想，世人对于一切不良外力，都不妨完成这一番目光转变。只有这样，才能进入修行的下一步，那就是走向无惧。

在这整个过程中，最有趣的一环，是发现它们的虚弱。这一发现，让自己如释重负，是修行的一大成果。

我是怎么发现它们虚弱的呢？

回想起来，是从以下三点打开口子的。

（一）那些大话和口号在很短的时间内就被大家腻烦了。多数人虽然还没有像我一样质疑其中的内容，却无可避免地产生了生理性的"视听疲倦"，腻烦那种重复、空洞、平庸。一腻烦，便声势大减。

（二）它们从一开始就扫荡一切异议，因此很快成了"没有对手的杀手"。没有对手的杀手，就什么也不是，天天向空气摆出抡拳姿态，终于由无聊走向颓废。

（三）它们的权力圈子很小，按照权力发酵的周期，很快发生了互斗。互斗各方，都会向民众求告同情。这一来，它们与民众之间的强弱对比就发生了逆转。

发现了它们的这三点虚弱，我下垂已久的嘴角开始浮上了微笑。

一旦看穿，我的"初元正觉"也就上升到了"破惑正觉"。至此，就应该有所行动了。

要让个人的正觉成为社会正义、人间正气，那就必须行动。

但是，正觉既告诉我应该行动，又告诉我当前可行的边界，也就是人们常说的"可行性"。

因此，我勇敢地往前走了，又小心地留意着路口、道岔和沟壑。

那时，我二十五岁。

迎难实修

一

如果破惑的行动发生在危难之中，那就是一种最有效的修行。

很多人心目中的修行，是名山大寺中的静坐，晨钟暮鼓中的超然，梵乐鸟鸣中的飞逸。因此，他们会皱着眉头说："世事不靖，难以修行，等熬过了危难再说吧。"

其实，他们失去了修行的一个重要机会。

这就像，一位登山者遗漏了最奇崛的峰峦，一位航海家错过了最凶险的峡湾。

说我们那代的事，当代青年恍如隔世。任何长辈都没有理由强迫后代来听远年往事，但是，我还是要追上去，送几句跨越时空的劝说："你们不管多么幸运，也要紧紧地抓住一切障碍、祸殃、愤怒、沮丧，细细调理，那是最凝练的人生课本。"

其实，谁也无法担保自己幸运。我相信，人类正在遭遇前所未有的难题和麻烦，当代青年的人生极有可能比所有的前辈都更加危殆。因此，必须尽早投入修行，这会使自己在面对种种不测时比较从容，也会给他人带来安慰。

因此，修行，是在预习。

既然这样，我就有信心再一次从修行的意义上说说自己在危难岁月中的每一项实验了。正是那些作为，决定了我后来被大家熟悉的那么多年。

二

那场政治运动的前五年，如前所述，我对气势汹汹的外力，经历了从畏视到平视、逼视、透视、轻视、俯视的"视觉转换"，迈入了修行的第一步。接下来的修行，就是采取行动了。

五年之后的一九七一年，我凭着正觉看到历史的手指有了另一种指向。

于是，我站立起来，做了几件比较勇敢的事。边做，边看自己。

满意了，点头，再做一件。

事情不少，我可以从修行的角度举出两件。

第一件，"样板戏"事件。

"样板戏"一共八个，是发动"文革"的旗号。那些唱腔、曲调一直是皮鞭、血泪的"伴奏"，人人都要膜拜。等到一九七一年大学开始复课，几乎所有文科的教材都少不了"样板戏"。我所在的学院以戏剧为专业，复课时当然更会把它们奉为课堂霸主。但是，由于我的努力，这个学院居然没有任何一个科系把它们作为教材。

这么困难的事情，我是怎么做到的呢？我恰恰看破了极端主义的一条裂缝。

当时，报刊上经常报道一些学校把"样板戏"引入课堂后被教师"随意歪曲"的事件作为警示，而且每一个事件都要由学校的领导承担政治责任。这可把学院里掌权的工人和军人吓着了，我灵机一动，向他们介绍了马克思对莎士比亚的高度评价，主张把莎士比亚的作品当作课堂教材。

这对我来说，是需要有足够勇气的，但对掌权的工人和军人来说，却是一大解脱。因为马克思的牌子比"样板戏"还硬，他们可以不碰烫手山芋了。不难想象，当上海戏剧学院的教师们知道可以在课堂上讲授莎士比亚而不是"样板戏"的时候，是多么兴奋。他们听说这是我的功劳，纷纷给我竖大拇指。

这件事的成功，让我对修行有了新的体验。修行要履行文化道义，却不是"低智行为"。应该与负面力量巧妙博弈，力求取得正面成果。在多数情况下，修行之行，应是有效之行。

这件事的几年之后，中国发生了巨大转折。再过十年，中国莎士比亚戏剧节在北京和上海两地隆重举办，我被公推为"中国莎士比亚戏剧节学术委员会主席"。照理，当时中国还有几十位早年从英国留学回来的莎士比亚专家健在，都年高资深，应该由他们中的任何一位来担任，但大家还是公推了我。唯一的理由，是我在那个完全不属于莎士比亚的年月里拉住了莎士比亚。

第二件，《世界戏剧学》事件。

在那个年月让莎士比亚进课堂，只是片段取用，而大学的课程则应该系统和完整，于是我进入了一个不可思议的修行过程，即以一人之力，开始编写规模巨大的教材《世界戏剧学》。

这是我人生中的一件大事，因此在《借我一生》和其他文章中都有提及。在这里，我要借着它来说明在修行中"心念"的神奇力量。

谁都明白，在那样的年月做成这件事，有十万个"不可能"，只有一丝极弱的"可能"。但是，我让那一丝"可能"排除了十万个"不可能"。我的体会是，一个人如果想把一件几乎不可能做成的好事做成，那么，通过修行放下一切担忧，是最佳门径。

编写这部著作，包含着一种整体意义上的精神担当。中国文化为什么在明代之后不断衰朽？原因很多，其中有一条是"自我固化"。因此，我要做的，是从戏剧领域开始，启迪国人放眼全球。

要达到这个目标，难度可想而知，因为这在当时，意味着"精神文化的大复辟"。若有泄漏，必有牢狱之灾。

除此之外，还包含着一系列学术上的难度。例如，这部书要大规模地运用的国际资料，直到几十年后的今天也还没有被完整地翻译成中文。

——但是，我必须赶紧说："一切危险都被奇迹般地排除了。"正是这种"奇迹般"的体验，让我更坚定地相信了正念的力量。

星云大师告诉我：修行过程中会产生很多"奇迹"，往往被看作"神迹"，并由此产生了一系列迷信。其实，只要心念庄严、念力集中，就会有很多"助念"的正能量从四处产生。

写《世界戏剧学》，我算得上"心念庄严"、"念力集中"。因此，一系列"奇迹"也就随之而来。

例如，我刚刚下决心编写这部书才一个月，最熟识的图书馆管理员蔡先生就分到了外文书库的钥匙。

例如，那天我有两条英语的定理翻不准确，抄下来塞在口袋里，不知与谁讨论，却在二十路无轨电车的静安寺站遇到了我早年的英语老师孙珏先生，他的英语比汉语还好。我猛然想到，原来可以请这位熟识的老专家帮忙。

例如，上海戏剧学院外文书库所藏的相关书籍渐渐不够用了，我正坐立不安，突然接到通知，学院的掌权者派我到复旦大学去参加一个教材编写组。编教材的事，我分配到的任务很少，不到三天就做完了，而复旦大学图书馆中的外文书籍便成了我的目标。

例如，这部书终于在灾难之后写完，却遇到了出版的障碍。即便不考虑书的内容，只说当时中国非常贫困，又怎么可能大手大脚地出版一部篇幅长达六十八万字之巨，肯定不可能畅销的学术著作？对此，几乎所有的朋友都在摇头，只有我不担心、不争取、不苦恼，因为我相信正念的力量一定会延续。果然，德高望重的上海文艺出版社社长丁景唐先生没有让手下的部门进行讨论和争辩，自己签字交付出版。出版后，很快在全国文化界、学术界引起轰动。

这么多"例如"证明：在"几乎不可能"中要"心想事成"，关键在于心。如果在一件事上把内心修炼得庄严而强大，那就常常会逢凶化吉。因为这时，心力，已经成为天力。

此事的后果，远超预期。

《世界戏剧学》出版后很快就获全国学术大奖。在作为教材使用十年之后，又获国家文化部颁"全国优秀教材一等奖"（全国获此奖的只有两人）。更令人惊讶的是，此书出版至今三十余年，仍是国内这一重大学科的唯一权威教材，没有第二本教材替代或并立。仅在二〇一四年一年之内，仍有三家不同的出版社先后再版此书。

为此，我曾在一次演讲中对当代青年开玩笑：你们追求的"彪悍"，多半是一种表演。四十年前，一个与你们现在同龄的年轻人身处家破人亡的灾难中，却偷偷写出一部通论世界文化的庞大著作，直到今天仍然独步九州，这才算"彪悍"呢！

从这件事，我对天地、人间、自己，都产生了某种乐观。对自己的修行实验，增添了更多信心。

这些往事表明了修行的一条重要原理，世间一切让我们害怕的事情，其实都并不可怕。害怕，只是制造"大惑"的人在我们身上留下的"心惑"。只要"心惑"一破，种种"大惑"都有可能对付。

同时，我还想通过这些往事表明，破解"心惑"，关键在于守住不受污染的正觉，然后"心念庄严"、"念力集中"，让"心力"与"天力"呼应，在几乎无望中创造出奇迹。

说过了十年特殊岁月的修行经历，接下来要讲讲特殊岁月结束之后的四十年了。四十年比十年，时间是整整四倍，而遇到的惑，则又远远高出这个倍数。因此，修行之路，更是风雨无限，景象无限，话题无限。

位之惑

一

特殊岁月中的修行尽管重要，却缺少普遍参照意义。

最有普遍参照意义的修行，一定出现在常态之中。

常态，就是世上多数人都会遇到的生态。

我原来以为，走出特殊岁月之后的步履必然轻盈矫健、从容自如，阅尽风雨的双眼必然无忧无惧、无荫无翳。但是，情况完全不是如此。

一种看似极为正常的图像出现在前面，好像与自己有关，又好像无关，却颇有吸引力，让你关注，让你趋近，让你贴合，然后又让你烦恼，让你犹豫，让你迷醉。这，就是诱惑。

诱惑，一个接一个，组成了人生美丽的套环。但是，正是它们，把人生"套"住了，使人生变得既风生水起，又伤痕斑斑。

二

我所遇到的第一大惑，是官位之惑。

说到官位之惑，容易产生一种误会，以为是指贪恋官位所带来的权力、威势、名声、利益。社会上确实也有大量令人厌恶的"官迷"，让人加深了这种负面印象。

其实，对于比较正派的人来说，官位之惑，往往是为了回答别人的疑问。

例如：这个书生，有没有实际工作能力？这么多人，他用什么办法拉在一起？这个单位，他会从哪个起点着手整顿？……

我也遇到了类似的问题，却又有特别的问题。

那场政治运动虽然已经宣布结束，但由于"两个凡是"方针的推行，我们编教材的事反而成了"清查目标"。清查者，恰恰就是当初主张"毁校、废学"的那批人。为此，我勇敢地多次向中央有关部门投书。中央有关部门顺应民意，派人到上海"复查"。我便从一个"清查目标"变成了一个"重用目标"。

因此，我突然被破格任命为上海戏剧学院院长，正是意味着北京对我在特殊岁月一系列大胆行动的赞赏，对我的"超高民意支持度"的呼应。

我当时接受官位，其实是接受一种历史判断。

一位北京来的负责人对我耳语："中国的事不能说得太明白，对你的任命就说明了一切。"

我说："这个任命让我作难了，但我知道这是社会良知的回归，不能不勉强承担。"

我相信，历来像我这样接受官位的人不少。看上去只是个人的官位，却是一种宏观意义上的胜利。昨天还在争执不休的是非，一下子被压到了官位的椅子底下。坐在椅子上的人，立即成了裁判者、决定者、宣布者。聆听他就是聆听结论，追随他就是追随正义。因此，在很多暧昧的历史关口，部分人取得官位，有一种不言而喻的痛快感。

这就是官位之惑的漂亮起点。或者说，是"官位之惑第一级"。

我上任后发表的第一个施政报告《我们别无选择》，从头至尾充满了"抢回一点时间"的紧迫感。我对满口革命口号的负面势力知之甚深，知道他们会用什么样的手段做成什么。我催促自己在官位上做成一点记得住的正面成果。简单说来，就是与负面势力争抢未来。

这个时候，我就不得不把官位捏紧了。

捏紧，不是怕丢失，而是怕低效。历来的传统，工作越是低效，官位越是牢靠。但我不想做这样的官，而是要反过来，以最高效率来把负面势力比下去，证明在中国，也有可能创建一流的文化、一流的教育。

——这是官位之惑的升级版，或曰"官位之惑第二级"。

正巧，我身上有一种近乎先天的管理癖好，此惑就更强了。

记得很多年前，我还是一名学生，去亲戚家玩，看到一家邻居正遇丧殡。丧殡的事哪家都不会有太多经验，各方亲友熙熙攘攘，一片混乱。我不认识这一家，却站出来说大家听我指挥。仅仅半个小时，就把追悼、出殡、聚餐、礼金这几路事务安排得妥妥帖帖。为此，我家亲戚多年来一直受到四邻尊敬。正是这种与生俱来的管理癖好，使我从担任院长第一天起就让人大吃一惊。

但是，也正是这种管理癖好，让我更深地旋入了官位之惑的魔圈。

就行政管理和教育管理而言，我一定做得不错，因为国家文化部教育司一再表彰我为"全国最有管理能力的院长"，上海市教育委员会也多次向全市各高校领导推广我的施政经验。我倒不在乎上级的表扬，却非常享受自己的每一项谋划都产生了立竿见影的效果，因此又痴迷地设想着后续步骤。这就让我对官位产生了依附，似乎越来越离不开了。

三

"官位之惑第三级"，是开始面对升迁。

这听起来有点庸俗，但只要做了官，迟早会碰到这个问题。

我碰到得特别早。那是因为，我处在一个特殊年代。在以前十年间，一批批把持各级领导职位的极左分子全被驱逐，老干部们集体"官复原职"，又集体"退居二线"，从中央到地方的很多位置都空出来了。当时，如果有一个官员年纪轻、文化高，又能管理，很可能像"坐火箭"一般被提升。我当时已经成了全国最年轻的正厅级官员，又身处"坐火箭"态势最集中的上海。

一次次长时间的谈话，一个个听起来那么显赫的职位，一度形成了一种拥塞状态。开始我也不无兴奋，一切年轻男子听到那些千山皆知、万里俱闻的响亮名号随时可以落到自己身上，都会产生一种生命力的冲动。这似乎是一种最通俗的人格信赖，显示自己能成为一项全国性事业的权力顶端。

这时候，又会暗暗与这些显赫职位上的各个"前任"做比较，必然会发现他们的诸多弊病，自己的诸多优势。这一来，任何畏怯都不存在了，自己已经处在"箭在弦上，蓄势待发"的状态。

我似乎很难摆脱。换言之，"官位之惑第三级"，对我也极具杀伤力。

幸好，谢天谢地，还是正觉救了我。

我渐渐冷静了。

四

我是怎么冷静下来的呢？不妨多讲几句。

我发现，在我们的官场体制中，专业的地位不太重要。我开始一直认为，我当时的身份应该是"国内唯一通晓世界各国戏剧学的戏剧学院院长"，后来才知并非如此，而是"一个颇有工作能力又广受拥戴的正厅级官员"。后面一种身份，虽然听起来也不错，却让我成了一个官场的"通用部件"。我看了一下集中向我扑来的那么多更高的官位，无论是部长、副市长，还是主任、副主席，都要求凌驾各个不同的领域，说着差不多的话，开着差不多的会，听着差不多的汇报，做着差不多的指示。几乎所有来劝我升迁的官员都诚恳地说："从一个小范围的学者，变成一个大范围的领导，不要舍不得原来的专业。"

但是，我还是舍不得。我在写作《世界戏剧学》的过程中，精研了世界各国几乎所有重大的文化史、艺术史、美学史，并用自己的判断进行了完整论述。在此之后，我又连续完成了开创性的《中国戏剧史》《观众心理学》《艺术创造论》，引起海内外学术界的广泛关注。让中国和世界在美学上互相认识，这无论如何是一件大事，我已经做了那么多，如果半途放弃，会造成历史缺憾。

更重要的是，我已经懂得，进一步的研究必须是现场考察，亲自抵达中华文化和世界文化的全部重要遗址。这是一个需要行走万里的巨大生命工程，具体方案当时还没有形成，但已经感觉到比我已经完成的每一项学术工程都更加重要。而且，在敢于拼死冒险的勇气上，文化领域似乎还无人能与我相比。

这么一想，官位在我心中就轻如鸿毛了。很多高官劝我把官位和文化同时兼顾，但我心中明白，这在时间和心态上都不可能。

我这个人，对于想明白了的事情，绝不违心敷衍。我在灾难时期的全部经历，早已证明了这一点。我知道生命如何无聊，又如何闪光；我知道心灵如何蒙蔽，又如何明亮；我知道自由如何被冻，又如何融化；我知道独立如何遗失，又如何找到。于是，我的选择也就不言而喻了，那就是义无反顾地辞职。

辞职的过程非常艰难，我整整辞了二十三次，因为当时全国还没有一个这样级别的官员在没有犯错误的情况下辞职。这个经历我在多篇文章中提到过，这里就不重复了。很多文化教育界的朋友打赌发誓，说我的辞职绝对不可能被批准。如果批准了，他们也都会辞。其实，真正下定了决心，怎么会辞不掉呢？

有趣的是，那些朋友一个也没有跟着我辞职。我扭身向后看，一直只有自己的一行脚印。

五

辞职，是我"破惑"的结果，也是我修行的一大步骤。因此，对于辞职后的日子，没有一天不适应。

不错，身边的一大群"处级官员"不见了，随便讲一句话就有人点头执行的架势不见了。从此跟随我的，只有一身薄棉衣、一双旧跑鞋，一片大沙漠。

但是，我可以到任何自己想去的地方，做任何自己想做的事情了。

先是穿过一片荒原到了唐朝，久久流连，不愿出来。于是，我心中早已萎缩的文思全盘复活，可以与李白、杜甫、王维畅快对话了。更重要的是，我对今后未知的每一天都充满好奇，满眼都是惊喜，终于让生命"拔离"了天天都在重复的行政规程。

但是，我在这种心情中，一点也不会嘲弄仍然在位的朋友们。从某种意义上说，正因为不少朋友守在位上，我才有可能脱位而走，走在一个被管理着的天地间，一个有序的人世间。

我所反对的"官位之惑"，是把官位看大了、看重了，看成是生命之依、荣辱之界、成败之分。

在正常情况下，辛苦为官，只是自己的一种职业，而且是不太好的职业。财政官员并不是财富创造者，文化官员并不是文化创造者，而很多损害创造的坏事，倒常常是由官员做下的。因此，总的说来，做官不是一件值得荣耀的事情。勉为其难做了一阵，就要考虑尽早离开。如果亲属子女做了官，千万不要庆祝，而不妨较早地递上"破惑"话语。

对于在官场消磨了大半辈子而终于离职的官员来说，应该充分享受自己并不熟悉的自由、独立、尊严。唯一不能做的，是长久回想着那些本不属于自己的官位，而且还希望别人也回想。人生最可怜的事情，是明明自由了却不要自由，明明卸除了镣铐却还在思念镣铐。

　　破除"官位之惑",一直要破除到失去官位之后。甚至,还要破除到失去生命之后,因为那些悼词、碑文,是此惑的最后栖身之所。

名之惑

一

我这一生，在摆脱种种迷惑的过程中，最艰难的，是对"名惑"的摆脱。

我在这方面的修行体验，可称之为"绝境归来"。

我曾犹豫要不要讲述这一场体验，因为已经在《君子之道》一书中分析过君子之名，又在《借我一生》中回忆自己在这方面的遭遇，如再讲述，是否会产生重复？但是，经过反复考虑后决定，还是要从一个更深入的角度专门说一说。

这是因为，我在这方面的经历实在过于险峻、过于逆反、过于违常、过于凝缩，相信冥冥中有一种神秘的力量，要借我来做一个边缘性实验。

因此，我没有权利省略。

二

名，是中国古代对名誉、名声、名望、名节的简称。但是，这个字，把千百年间无数高雅君子的脊梁压歪了。因此，也把中国历史压歪了。

只要稍稍回顾一下中国历史就能发现，历代最优秀的灵魂几乎都在"名"字下挣扎。继承名，固守名，保护名，扩充名，争取名，铺排名，挽救名，拼接名，打捞名……多少强健的躯体为名而衰残，多少衰残的躯体为名而奋起。

如果有耐心把中国历史上多数杰出人物的传记浏览一遍，就会发现，他们身陷的各种是非，早已不值一提，最后剩下的只有一件事，那就是如何在历史上留名。如果把这件事剥离、淡化，中国历史必将轻松得多。

但是，中国历史并没有从中汲取教训。相反，陈年的压力反而层层累积下来，"名"的魔咒越来越张狂。

相比之下，世界上其他地方也讲名，但大多局限在某种局部意义上。例如，美国的"名"主要是指"知名度"，与一时的社会经济利益有关。不少艺人还雇有"知名度经纪人"，功能比较清晰。不像在中国，一个"名"字，模模糊糊地囊括一切，无从定义，却又无所不包。

这个让中国历史陷入困顿的沉重包袱，是中国文化自身造成的，怪不得别人。

写到这里，我颇感痛苦，因为这个包袱是一项精彩设计的副产品。

这项精彩设计，就是儒家的君子之道。

君子之道，说起来很好听，君子和小人的界线也划了很多条。但是，这些界线都只是笼统描述。落在实际生活中，到底谁是君子、谁是小人，只变成了一种感觉。君子，完全可以被说成是小人；小人，也完全可以被说成是君子。而且，君子身上确实也有小人的成分，小人身上确实也有君子的因素。

这样一来，君子之道就遇到了执行上的致命障碍。

正是在这种情况下，儒家学者们强调了"名"的控制作用。

"名"，在空间上，可以被设想为"社会公认"；在时间上，可以被设想为"历史评判"。把事情交给了空间和时间，似乎已经严格可控了。但是，这种严格可控，都是"被设想"的。

由于没有统一的衡量手段，"名"在君子之间就很难互相承认，更无法阻止小人的故意歪曲、投污、诽谤。这也就是说，君子们修行的共同盲区，与"名"有关。

历代小人正是看到了这一点，总是把"污名化"当作一个永远赢利的职业，针对着君子。结果，几乎所有的君子都在为"名"而煎熬，气恨连连，伤痛绵绵。

——只有少数人，能够看穿"名"，看空"名"。这少数人，往往是受到佛教和道家思想的影响，迈出了修行的重要一步。

三

以前，我也曾像周围的朋友一样，以为名声之立，总有理由。

那些习惯了的社会熟语，例如"名副其实"、"实至名归"、"名正言顺"等，也经常在口中出现。

终于，我的亲身经历证明，"名副其实"的事情不是没有，却是一种极为偶然的巧合。"名"的本质，却是一种虚妄。而且，是一种最颠倒、最脆弱的虚妄。

我把这种真相，概括为以下几条原理。

原理之一：重大名声，是对他人的威胁，因此它本身就积聚着被毁的潜力。

名声有正面作用，也有负面作用。最重要的负面作用，是建立了一重重高于他人的坐标，构成了对他人的威胁。名声越大，威胁越大，因此所积聚的毁名潜力也越大。一些未毁之名，只是因为尚未建立具有威胁性的坐标。

真正重大的名声，在建立之初并不想威胁他人，却已经因特殊的高度形成了对他人的超越，而一切超越都是否定，一切否定都是威胁。

这个原理如此严苛，一定有很多人不太相信，我只能再次"现身说法"。我在世纪之交蒙受一场全国性的毁名浪潮之前，顶在头上的，全是一个个名声的光环。但是，每一个光环都带来了毁谤的必然。

例如，第一个光环，也就是我前面说过的在"文革"中的那么多抗争。前面没有说的是，这些抗争的对手还都健在，他们当然不甘心我的光环给他们带来的阴影。即使不是当年的对手，不少人也会觉得我的光环使他们很难再讲"文革经历"了。这两拨人的数字很大，我面对的毁谤可想而知。

再如，第二个光环，也是前面说过的我在仕途畅达之时断然辞职。这事在当时产生了全国性的正面影响，显然对大批正在热衷于官位的文化界人士带来了反讽式的尴尬。

又如，第三个光环，我在辞职后投身实地考察所写的《文化苦旅》《山居笔记》等书籍，在海内外均获空前畅销。多次统计"全国十年来最畅销书前十名"，我一人往往独占三至四本。这对数量庞大的写作群体而言，形成了一种基点性的名声亏欠。不仅如此，空前畅销又大幅度地刺激了盗版集团，我也就顺理成章地成了"中国反盗版第一人"。这个身份，使财力雄厚的盗版集团成了整个毁名行动的"金主"，不断地以一起起怪诞的名誉案件来掩盖他们盗版的刑事案件。

复如，第四个光环，我冒着生命危险贴地穿越世界最恐怖地区，每天的考察日记由全球十几家报纸同步连载，被国际媒体称赞为"当代世界最勇敢的人文学者"、"全球跨世纪十大人物之一"。但是，正是这些空前的大名声，立即给我带来了空前的大伤害。就在我身陷阿富汗、伊朗、巴基斯坦边境地带而命悬一线的时候，国内却凭着一个荒诞无稽的小谣言掀起了对我的毁名风潮，铺天盖地。

……

这些事实足以证明，毁名的潜力，正来自名声本身。而且，力度也成正比。

原理之二：名非实体，只是"传说"，因此爆立爆毁，易如反掌。

以前，我一直认为，世间名声具有一定的稳固性，因为由事实支撑，由舆论加持，由民心守护，很难顷刻大变。但是，世纪之交的毁名浪潮告诉我，看似稳固，其实都只是浮面的幻觉。

任何事实，都无法阻止名声的破碎。世界各国的法律都有惩处名誉损害的条款，但是，法律讲究证据，几乎一切受害者到法院起诉时才惊讶地发现，要为名誉提供"证据"，是多么困难。因此，法律护名，很难兑现。

法律不能，朋友能吗？也不能。朋友护名，等同于"徇私护短"，更损其名。更麻烦的是，朋友之间也大多存在名声上的默默攀比。因此，一友伤名，诸友暗喜，满口仗义只是人情场面上的敷衍而已。

由此可见，再煊赫的名声也只是糊在竹竿上的一面面纸幡，上面写着学识、官阶、战功、封号、奖励、清誉、时评……颇为壮观，但是，只要风雨一来，这些纸幡立即便破碎污湿，不可收拾。若去粘补，则越补越糟，比原先没有纸幡的竹竿更加难看。

这样说，并不是否定很多名声背后有真实的支撑。但请切记，名声并不是真实本身，而只是有关真实的"传说"。这种"传说"，说变就变，很多看起来好像无可置疑的大名声，只要在敏感的时机出现一则质疑、一句反话，便能立即划出第一道裂痕。而有了第一道，就会有第二道，第三道，第一百道。到这时，"传说"也就负载着巨大的破坏性兴奋而恣肆翱翔。

正是在这个关节上，很多受害者痛不欲生。他们不理解，为什么一夜之间那么多聪明人不调查一下真相就反说滔滔？其实，名声和真相，本来就是两种逻辑。

我初遇诽谤浪潮时也曾惊讶，所有足可反驳那些谣言的证据都历历在目，证人有名有姓，档案白纸黑字，为什么成百上千的起哄者都不去看一眼、问一句？后来才知道，大家其实都不在乎证据，因为这里玩的是"名",而不是"实"。

原理之三：名声的毁损，多数采取彻底颠覆的方式，因此没有商讨和辩论的余地。

为什么会这样？因为名声之事若留余地，被伤害者就有了据理力争的勇气。所以，只有"一剑封喉"，推向极端，才能使事情立即变成死结，传播起来也更加轻便。

这个原理，从来无人揭示，是我在"文革"中领悟的。当时因路线之争，要罢免国家主席刘少奇。结果，加给他的恶名居然是"卖国贼"。这就是在名声问题上彻底颠覆的最典型例证。随之而来的是，全国各地都来了一次名声上的大翻转：典雅尊长全都成了"黑帮"，文化大师全都成了"恶棍"，医学名家全都成了"杀手"，略有经历的长者几乎全都成了"叛徒"、"汉奸"。只有彻底颠覆，才不再存在进、退、宽、严的空间。

这种现象，在古代也屡见不鲜。指责一位将军剿寇不力，这很正常，但要不了多久，总有对手揭露这位将军"通寇"、"投逆"，甚至本身就是一个暗藏的逆寇。这样一来，名声问题也就失去了弹性，变成了掷人至死的石块。

由此证明，名，比别的任何东西都容易彻底翻转。那么，还不如把它看空、看无。

我自己遭受的诽谤，也是彻底翻转的显例。你看，我明明写了一部彻底对抗"文革"的《世界戏剧学》，却被说成是"文革写作"；我明明向灾区捐建了三个规模不小的学生图书馆，却被说成是"诈捐"；我明明与妻子感情极深，亲朋皆知，却总是每半年有一次"离婚"的谣传……后来我也不生气了，只不过，此后社会上只要有别人的毁名事件发生，也不管被毁之人是否认识，我总是从彻底相反的方向做出判断。

遗憾的是，中国民众的大多数，常常以"不可不信，不可全信"的态度来看待毁名事件，结果毁名者至少赢了一半。名，尽管如此虚妄，却居然能让毁名者"旱涝保收"、"稳赚不赔"。

原理之四：要想修补名声，从长远看，大多是反效果。

试图修补名声，这事恶人也会做，但基本上是好人受害后的一厢情愿。这种一厢情愿，从来没有在任何人身上真正实现。

有的好像实现了，但仔细一看，完全是因为借用了外在的形势背景，与个人名声本身关系不大。

仍然以"文革"为例。在那场浩劫中，受害者多达几百万人。这几百万人中有很大一部分几乎天天都在为自己的名声申辩，用尽了各种可歌可泣的办法，例如我的叔叔就想用鲜血来洗刷污名，自杀而亡。但是，据我所知，几百万人中没有一个人取得成功。十年后"文革"结束，他们才获得"平反"。

我很同情为了修补名声而四处奔走的人。找记者，问朋友，求爷爷，告奶奶，一遍又一遍叙述，一次又一次擦泪，不断拜托，反复感谢。这一切，都是为了名，而这些形态又是那样的贬名。以贬名的方式去正名、保名，实在是一种自嘲式的悲剧。

当然，也有不少人经过艰苦努力，终于洗掉了恶名，保住了佳名。但是，恶名和佳名的标准并不固定。记得在"文革"初期，我们与造反派斗争，结果失败，造反派掌权。他们要在档案中塞入政治鉴定的时候，属于我的第一句总是"思想顽固，长期对抗文革"，这在当时是最大的恶名。原来与我站在一起的朋友们苦恼了，他们努力要在自己的档案中淡化恶名，反复恳求造反派，写成了"改变立场，积极参与文革"。现在，大家若去档案库翻阅这些政治鉴定，就会哑然失笑。

即使在正常的社会环境里，为了修补名誉，也不值得耗费太多的精力。生命的责任，是尽一己之力为天下众生提供大善大美。如果长久地忙于洗刷或提升自己的名声，不管摆出多少理由，也是对生命责任的背离，因此也有伤名声。例如，我发现文艺界有不少人士多年来一直气鼓鼓地要争当某省、某市的"作家协会副主席"或"政协委员"，觉得没当上是对他们名声的损害。但是，在我看来，他们应该用这些时间创作更好的作品。

四

如果能够把名看穿、看空，那么，即便被污名、毁名，受害者也能成为一个兴致勃勃的观察者，并获得享受。

仍然以我为例。一度被彻底毁名，让我站在一片废墟之上。以前，这里曾经展现过一丛丛名声的鲜花，现在什么也没有了，只剩下满地瓦砾。对此，我曾慌张，但仔细一想，那些鲜花能代表我吗？

我的自问，是从别人的询问开始的。

先是武汉黄琪先生的询问，他的神情充满了惊讶。

问："您是海内外最受欢迎的当代华文作家，但是文学界惊骇地传播一个消息，规模很大的全国作家大会居然从来没有邀请您作为一个普通代表出席？"

答："没有。"

问："您夫人在戏剧界的地位更高，是迄今全国囊括舞台剧和电视剧所有首奖的唯一一人，还被美国林肯艺术中心和纽约市文化局授予亚洲最佳艺术家终身成就奖。但听说，她也没有被邀请参加全国戏剧家大会？"

答："没有。"

问："你们夫妻俩那么温文尔雅，从不争名夺利，领导部门为什么这么不容？"

答："可能是领导部门把那些人的诬陷当作了'争议'，不敢碰了。我夫人是受我牵连。"

问："您的《文化苦旅》，肯定是二十多年来最受全球华文读者欢迎的散文图书，一直位列畅销之首。但是，国内有关协会几度为一九四九年以来的散文评奖，数量很大，多数连听也没有听到过，但《文化苦旅》不在其内？"

答："不在。"

问："国家有关部门评定非物质文化遗产的传人，您夫人作为公认的黄梅戏首席代表，却不在那个剧种的传人名单之内？"

答："不在。"

问："据说，您不是任何一级作家协会会员？"

答："不是。"

问："据说，您不是任何一级文联会员？"

答："不是。"

问："据说，您不是任何一级人大代表？"

答："不是。"

问："据说，您不是任何一级政协委员？"

答："不是。"

问："据说，二十几年来您没有参加过任何会议？"

答："没有。"

······

这位先生在问答之间不断嘀咕："不可思议！难以置信！大家全搞错了，搞错了！"

不知道什么"搞错了"，他没有说。

另一番询问，来自北京一位已经离职的记者柳女士。她如果不离职就见不到我，因为我不接受记者采访。

问："听说不久前您在纽约联合国大厦演讲中国文化生命力而获得极高的评价，成为联合国网站的头条新闻？"

我没有回答，只点头。她却摇头了，自言自语："国内媒体完全没有报道。"

问："听说几年前您受邀在联合国世界文明大会上发表有关中华文化的非侵略本性的主旨演讲，也引起轰动？在华盛顿的国会图书馆发表的演讲，又大受欢迎？"

我又点了点头，她又摇头了，还是同样的自言自语。

问："听说今年上半年您到海峡对岸各大城市演讲'君子之道'，

每场都座无虚席、人满为患？"

没等我点头，她又紧接着问："听说双目失明的星云大帅为了迎接您，特地从澳大利亚赶回高雄，坐着轮椅到火车站，等了您半个小时，这是他平生从来没有做过的事？"

我点头。

最后，这位离职记者又问："为什么那么重大的文化事件，国内都不报道？"

我答："因为每次我都不是官方派出的，媒体无法拿捏。"

但我又马上解释，如果是官方派出，我就不可能在联合国世界文明大会上以一个独立文化人的身份发表主旨演讲了。因为如果那样，其他国家的政府也会提出对等的要求。

……

不错，我什么也不是，什么也没有。但是，我"不是"的，只是"名"，我"没有"的，也只是"名"。

它们只是一种"集体共名"，而我却是德国哲学家叔本华所说的"这一个"。"集体共名"是千人一面的仪仗，我有幸被"除名"，成了一个侥幸的独行者。

本来，"协会"并不是我，"代表"并不是我，"委员"并不是我。我只是深夜滑动在稿纸上的那支笔，我只是冒死跋涉在沙漠里的那双脚。我无法让那孤独的笔加入热闹的笔会，也无法让那遥远的脚汇入整齐的排演。

我不必为了保住某些名号而不断开会、发言、记录、传达了，不必为了晋升更高的名号而时时顾盼、窥测、防范、疏通了，这会节约多少时间和精力，省去多少人格折损？

我有不少朋友，开始曾对我摆脱名声羁绊后的轻松深表怀疑。看了几年，发现我的轻松是"彻头彻尾、彻里彻外"的，逐渐羡慕起来。但他们还是没有放弃，总是告诉我，只是为了办一些重要的事而不得不利用名声，迟早会像我一样全然割舍。然而，直到他们退休，还是未能割舍，而且又在竭力追求退休人员间的各种"名誉职位"，仍然焦躁不安，明争暗斗。

常常有高层部门在民众的质问下，希望给我补上几个像样的名号，而新到上海任职的领导也都有这样的意图，却全被我用各种借口婉谢了。

我早已明白，即使那些不错的"名"，也只是通用招牌，没有实际意义。

我愿意被人说成是"学者"，但"学者"也是一个"集体共名"；

我愿意被人说成是"行者"，但"行者"又是一个"集体共名"。

我愿意被人说成是"东方人"、"中国人"、"浙江人"、"现代人"，但这些"人"都是"集体共名"。

这就是说，拿着一串串"集体共名"来为自己加重，其实是在欺骗自我。因此，就像不能执着于名，也不能执着于我。借用佛教词语，既要破"名执"，又要破"我执"。

连"我"都不在乎了，还在乎"名"吗？禅宗慧能大师说："本来无一物，何处惹尘埃？"名，不管是好名还是恶名，都是"尘埃"。

这就是修行要达到的重要境界。

这个问题太重要了，本书后面《我在哪里》一文中还会论及。

财之惑

一

我相信，不少人读了我前面的叙述都会点头同意：是啊，那些官位，再高也会失去；那些名声，再大也是虚空。

但是，大家在点头之余都微笑着沉默了。我一看就知道，他们心里在想什么。

他们想的是，有一样东西，不像官位和名声那样说丢就丢，那就是财。

财富和金钱，确实与官位和名声很不一样，可以由清晰的定量指标来计算，也可以直接兑换成物质产品。只要获取途径合法，在和平时代很难被剥夺。而且，由于获取基本财富这件事与家家户户的食、衣、住、行紧紧相连，具有起点意义上的必要性。

但是，请注意，我说的是"起点意义"。

在起点之后，事情就渐渐发生异化。

甚至，异化成一种人生悖论和社会灾难。

有这么严重吗？

且听我略略分析"财富异化"的几个通常步骤。

二

异化步骤之一，可谓"初愿渐忘"。

与钱财相关的"初愿"，往往朴实而感人。例如，"使辛劳的父母有一个无饥无寒的晚年"，"不再让妻子为生计操心"，"让我们的孩子不在别的孩子前显得寒酸"……

随着社会经济的发展，"初愿"也会随之延伸。例如，一处舒适的住房、几套像样的服装、一辆不错的汽车……

为什么把这一切都说成是"初愿"？因为都还没有脱离一个人、一个家庭正常生活的需要。但是，以后迸发出的一重重生花妙笔，就不再是"初愿"了。

在很多富豪看来，当年的"初愿"实在过于简陋，只有在"忆苦思甜"、"抚今思昔"时才会提起。其实，在我看来，人的实际需要就像一条半径，划出了积聚财富的原始理由。原始理由也就是第一理由，无论如何都不应该失去。

这个道理，可以由美学提醒我们。在至高等级的艺术中，美，总是与最朴素、最简约、最袒裸、最起点的形态相连。"暮归"的原始图像是小舟蓑笠，"冬居"的原始图像是木屋柴门，"行旅"的原始图像是峡谷竹桥。这一切，很难被巨轮、高楼、豪车完全替代。

但是，很多人的财富之路只想尽快离开最朴素的生命需求，离得越远越好，不想回头。

天道之行，首尾相衔。万事万物的起点，常常就是终点。因此，起点虽远，却能在默默间保持潜在的控制力和导向性。我曾见过年迈而又疲惫的大企业家突然尝到童年故乡小食时的激动，以及激动后的凝思。凝思中，应有"初愿"复归。

异化步骤之二，可谓"智能炫耀"。

很多人终于在钱财上获得了可观的收益，最想显摆的并不是财富数量，而是智能自信。

世人的本性，都想在年轻时代验证自己的基本智能。但是，多数验证的范围太小，只局限在学校、家族、单位的狭窄圈子里。当然也可能扩大验证范围，例如争取在学位、专业、公职上的成功，但相比之下，只有在财富之路上的收获，倒是能获得最通俗、最普及的承认。因此，财富之路，也就成了广大普通人都可以随脚踏入的成功之路。很多人在商场大展身手，早已与生活的实际需求无关，而是想要不断证明：自己的智能不比取得博士学位的邻居低，不比身居高位的老友差。

从智能验证，到智能炫耀，中间并无界线。

验证，需要说服上下左右、里里外外。这就必须有姿态、有说辞了，那当然已经成了炫耀。

炫耀，起自一种压力和动力，而炫耀过后，又有了新的压力和动力。就这样，一种难于止步的赛跑开始了。

异化步骤之三，可谓"作价天下"。

表面上到了这个时候，他们交友广泛、信息灵敏，但事实上，他们的生命已被一条粗粗的铁链封断了。这条铁链，就是整天晃动在眼前的财富数字曲线。财富数字，已经构成了他们"实际的世界观"。

本来，他们很可能也是一个宏观思考者，但这样的思考必须超越个人功利，以苍茫大地为基准，以普世悲欢为起点。遗憾的是，随着财富数字曲线的变化，他们渐渐相信天下的一切都可以作价，都可以购买。既然文物可以作价，艺术品可以作价，那么，以此类推，世上所有的学术文化都可以作价。而且，他们也确实用金钱聚集了一些文化作品和文化人才。但是，正是这种思维和行为，使他们失去了人类朝拜艺术文化所不可缺少的艰难途径和虔诚心情。因此，看似拥有却是隔绝，看似唾手可得却是咫尺天涯。这是一种很奇特的自我封断。

财富可以让他们的子女进入国际名校，让他们自己成为名誉教授，但事实上，他们已经与深刻的精神层面无缘。即使能言善辩，也形不成一个完整的高等级思维格局。每当有可能深入时，路就拐弯了，也就是封断了。

除此之外，财富之路还会让他们封断很多东西。例如，封断淳厚，封断质朴，封断节俭，封断澄净，封断闲散……封断了这一切，人生的规模似乎很大，而生命的幅度却大为缩小。

异化步骤之四，可谓"王国排场"。

这种以豪华、奢侈的方式实施的自我封断，当事人很难醒悟。原因是，他们在封断的天地里，已经忙不过来。他们抓着钱财的缆绳爬越了很多生活等级和社会等级，顿觉得自己已经实实在在成了贵族，占据了一个不大不小的王国，甚至成了一个"疑似国王"。他们周围的各种力量，也远远近近地强化着这种虚拟身份。

正因为他们已经在暗中承认了自己的这种虚拟身份，那就会渐渐接受历来帝王在排场上的心理暗示。

不管是否实用，他们觉得，自己的尊严、企业的荣辱、社会的声誉，全依赖于一个个越撑越大的排场。

可惜，他们虽然拿着世界地图，却把世界的本性看错了。人类世界的深度和广度，根本不能用那些酒庄、别墅、温泉来勾勒。

"王国排场"的最大害处，是以巨大的浪费，误植了价值坐标。在社会上还存在大批弱势群体、贫困群体的情况下，这种拼比，在整体上很不道德。

我发现，财富之路如果走顺，一般都会经历以上这几个步骤。这几个步骤，一个更比一个背离财富的本意，渐成社会之害。

一个健康的社会应该让民众明白：世上最珍贵的东西，都无法定价，也无法购买。

当金轮马车离开巨大宅第的时候，路边的老树与天上的残月正在默默对话，而树下的花朵和野果则按照季节静静地开放和谢落。在富豪、马车、巨宅都一一陨灭之后，老树和残月的对话还在继续，花朵和野果的开谢还在继续。这才是更真实、更恒久的世界。

三

在分析了"财富异化"的程序之后，又需要回到我自己的修行之路了。我是如何摆脱"财之惑"的呢？

也许富豪们要嘲笑了，觉得我作为一介书生，大半辈子消磨在课堂上和书房里，怎么会有资格谈论这个问题？

其实我是有资格的，只不过是"另类资格"。

我谈论财富的资格，首先来源于对贫困的体验。

我出生在农村，那时，原本富庶的家乡已在兵荒马乱中退回到石器时代，经常拾菜咽糠。九岁到了上海，日子本该过得好一点了，却遇到了"三年困难时期"和十年"文革"，自己和家人一直在生存底线的边缘挣扎。我作为大儿子，在全家实在无法忍饥的时候，只得向周围认识的人"借食堂饭票"，却彼此知道不可能归还，已经情似乞讨。后来又被发配到农场劳动，每天挑着一百多斤的重担，从天蒙蒙亮，挣扎到天全黑，伙食又极为低劣。

这种经历很多人已不愿提起。有些人虽然还记得，却像梦魇一样把自己缠住了，隐隐后怕，由此产生了很多贪官。我与他们不同，贫困的记忆成了我的"启蒙课程"。

对那些贪官来说，一生被贫困所恐吓；对我来说，一生被贫困所滋养。

这种滋养，也是我的一种修行。

对贫困的早期体验，使我到今天还过着节俭的生活。我的节俭，并不是为了储蓄，更不是为了美誉，而是从生命深处早就确认：只有俭朴形态的享受才是最高享受。我永远地着迷于走了一段远路之后吃到的第一口米饭、第一筷青菜，觉得那种滋味远远超过一切宴会。这就像，我觉得冬天早晨第一道照到床头的阳光最为灿烂，跋涉荒漠时喝到的第一口泉水最为甘甜。

真是万幸，我的妻子马兰与我完全一致。我们两人也都算得上在自己的专业上"功成名就"了，但结婚几十年来从来没有雇过保姆。一切家庭琐事，如清洁、打扫、修理、买菜、煮饭、洗碗，全由我们自己来做。

大大小小的事情，只要自己动手动脑，便能立即解决，这实在是生命的畅快。甚至，我几十年没去过理发店，头发都是妻子和我自己剪的，而且三下五下，剪得很快。剪多剪少，哈哈一笑。

对贫困的早期体验，让我懂得了生命的内核和筋骨，建立了一种稳定的格局，发射到人生的各个方面。例如：在文学上，我只倾心于那种干净如洗、明白如话的质朴文笔，彻底厌恶现今流行的那种充满大话、空言、绮语、腻词、形容、排比的文章和演讲；在舞台艺术上，尤其欣赏格洛托夫斯基倡导的"贫困戏剧"及其延伸；在音乐、舞蹈、绘画、建筑上，也本能地拒绝一切虚张声势、繁丽雕琢的铺排。可见，我把早年的贫困体验，通过重重转化和提升，凝结成了生活美学和人生哲学。

四

对于早年贫困的记忆，还给我们留下了一个很好的精神成果，那就是敏感别人的贫困，并予以高度同情。

那些记忆告诉我们：河水洋洋，无人注意，但只要取其一瓢，浇在焦渴禾苗的根部，就会显得珍贵无比。也许我们永远也无法拥有大河，但我们愿意成为及时赶到的浇水人，哪怕只用自己的汗滴。

当年饥饿的人，把求助对象的眼神当作天堂，或者地狱。那么，今天我们如有可能，为什么不让自己成为他人的天堂，哪怕只是瞬间？

好几次，家里电话响了，是邀请妻子参加中央电视台春节联欢晚会的。妻子觉得排练时间太长，构思太旧，婉拒了。但电话又响了，妻子正想再度婉拒，没想到电话里传出的声音是："我们这里的上万工人都点名邀请您，但是不知道要付多少演出费……"

妻子说："对工人，不要演出费。"她问了地址，就去火车站了。我知道她，说了不要，肯定不要。

后来，各地的经济情况好了，演出费也有了标准。她很难拒绝，却总是要求对方，代为捐献给"不幸家庭的失学儿童"。

"我们这儿发展很好，不存在不幸家庭的失学儿童。"对方说。

"麻烦你们帮我找一找，父母被判了刑，或者都在戒毒所，一定有。"她说。

果然有。不久，她就收到了学生名单。过了一阵，又收到了成绩单。

我们夫妻俩，什么事都喜欢商量，唯有对捐献，任何一方都能决定，完全不必商量。汶川大地震后，我赶到灾区，决定捐建三个学生图书馆，所需款项是我们夫妻两人三年薪金的总和，但我完全没有与她商量。如果商量，她反倒会觉得奇怪。

我们如果要赚钱，并不难。她多次在全国观众"最喜爱演员"的民意测验中名列前茅，平日多有商业性的演出邀请，她都没有参与。因为她只要一登台，就不允许自己在艺术上马虎行事。我也是一样，很多出版社经常为我制订新的畅销书计划，我都拒绝了，因为我对文化著述有严格的等级标准。

星云大师一再告诉我们："金钱有毒。佛光山只要有了钱，就想方设法让它变穷，那就是办学。办学，是弃富还贫的方便法门。"我们记住了，"弃富还贫"是"法门"。

那年，菲律宾的大批华文读者通过刘再复先生邀请我去做系列演讲。这事由当地的华人企业家们张罗，因此决定要支付给我一笔可观的酬劳。等我讲到最后一课做总结时，一包厚厚的美元就出现在我眼前。我看了一眼妻子，立即做出决定：全数捐献给菲律宾华文作家协会。这使当事人非常吃惊，推拉再三还是拗不过我。他们说，连香港最有钱的华人企业家来讲课，也没有拒收讲课酬劳。我笑着说，历来穷人最慷慨。

很多年来，我一直担任着澳门科技大学人文艺术学院院长。有一次，北京教育部的一位领导询问该校校长："你们请来了余先生这样的大名人，需要支付多少年薪？"

校长说："一元钱也不需要。"

其实，年薪还是付的，很高，但我让它变成了基金，资助设计专业和传播专业的研究生。

在家庭财务上，有时也产生出乎意外的喜剧。例如很多年前，上海一家百货商店在外来"超市"的冲击下难以生存，不得不转制，却遇到了职工的信心危机。一位年轻的经理希望我以自己的文化名声予以鼓励，我便把当天收到的一笔稿费交给了他。谁想到几经转折，这笔钱变成了上市公司的股份。这一来，我们听起来也算是"有钱人"了，但心里明白，这又增加了捐献的责任。

　　我和马兰没有子女，因此将不会留存任何财物形态的遗产。我们会将自己的作品和相关财富，全部捐献。

　　我们的父母，都曾经遭受过几乎活不下去的灾难。我们自己，也都承受过常人无法想象的心酸。我们只想离群跋涉，两相扶持，默默地追求大善大美。追求到了，轻轻一笑，又奉还给世间。

　　来自山野，归于长天。

潮之惑

一

在地位、名声、财富的诱惑之后，人生还会遇到一个大诱惑，那就是潮流。

潮流之惑，也可以衍生为时尚之惑、趋势之惑、信息之惑、网络之惑、传媒之惑。一看便知，此惑大矣，此惑盛矣，此惑难逃矣。

为了说明"潮之惑"，我还要说说那段已经说过的往事。

那年，我考察人类古文明遗址，大半年时间天天寻路，又天天逃奔，看不到电视和报纸，与现代文明完全脱节了。我想把句号画在北极，因此有一位当代亚洲传媒界的领袖特地从香港赶来为我开车，以示隆重。从赫尔辛基开车到北极要十七个小时，我希望他趁这个机会，把半年来世界上发生的事情一一告诉我，为我补课。这对他来说一点也不难，因为他天天泡在传媒堆里。

他开始给我讲这半年来国际上所发生的大事，但从表情看，似乎从兴奋转向了迷惘。他断断续续地给我讲了几件，然后就沉默了，好像还在挑选，但挑选得非常艰难。我一看手表，他只用了十分钟。然后，他笑着说："就讲国内的吧。"遗憾的是，他只讲了五分钟，就摇头说："没了。"

"没了？"我非常吃惊。整整半年，国内外发生的大事，只够讲十五分钟？

他知道我在疑惑地看他，便说："当事情过去之后，连再说一遍的动力也没有了，因为已经一点也不重要。"

但在我听来，他选出来的这几项，也都不重要。

这件事对我们两人都产生了震动。彼此好一阵不说话，只让车在北极圈的大雪中静静地走着。

他，天天与新闻打交道，却从来没有一个机会，让他捡拾在刚刚过去的半年中值得私下再讲一遍的事情。如果我此刻不问，他明天又会投入新闻的滚滚洪流之中，辨别、估量、判断、评论，充满了专业激情。我此刻一问，他蒙了。我快速地瞟了他一眼，估计他在想着有关自己职业的悖论。

他或许在想，自己从事的传媒事业就像眼前雪路上的车辙，刚刚留下，立即就被大雪淹没，似乎什么也没有发生过。

我也在想自己的事。原先我有点可怜自己，那么长时间独自在遥远的异国他乡漂泊。但现在我却可怜起一直生活在"文明圈"中的朋友来了。他们每时每刻都把自己捆扎在信息堆里，忙不堪言，但结果，"连再说一遍的动力也没有了"，这话是最彻底的反讽。

这件事，我曾在别的书里提到过。据说，很多年轻朋友读到后也无不震动，然后反复向我表示感谢。因此，我要在这里再说一遍，希望能有更多的朋友读到。

二

为什么会有那么多聪明人，都避不开这样严重的生命浪费？从浅里看，是出于日新月异的技术诱惑；往深里看，是出于人类在本性上的"软肋"。

人类在本性上有一种很不自信的"大雁心理"。怕脱群，怕掉队，怕看不到同类的翅膀，怕一旦独自栖息后，便不知道明天飞翔的方向。

因此，他们不得不天天追赶。时间一长，对追赶这件事产生了依赖。

新闻和信息，就是一种似实似虚、似真似幻、似有似无的追赶目标。

当然，新闻、信息、传媒、网络在当代社会具有不少正面意义。但是，它们变成了一股强大的气旋，把太多的东西旋转进去了。旋转进去草木、泥石倒也罢了，问题是，旋转进去的是无数具有独立智慧、独立品格、独立创造力的生命，让他们天天在极快的滚动中同质化、异己化、平庸化，直到衰老。

无数美若秋水的眼波，在阅读着一则则充满套话的低劣报道；千万冰雪聪明的头脑，在面对着一则则故弄玄虚的愚蠢笑话……我们天天以极度的珍贵，兑换着极度的无聊。

当大家身处无聊而不感到无聊时，这场兑换已经完成。

三

据我长期观察，在"潮之惑"中，传媒的责任极大。

很多人认为，传媒也就是刊登新闻信息而已，是被动的载体。其实，事情严重得多。

如果要在整体上把传媒的正面作用和负面作用做一个比较，我以切身体验做出判断：正面作用三成，负面作用七成。近二十年来，如果着眼于文化领域，那么，负面作用至少已上升到八成。

传媒从业者，多数是好人，但为什么整体作用会是这样呢？

为了说明这个颇为复杂的问题，我且先打一个通俗的比喻。

早年农村，封闭保守，一切传闻都来自桥边凉亭上几个每天都在闲聊的"话佬"，边上总会聚集不少旁听的村民。这几个"话佬"不是坏人，但是，几年来不断用前辈恩怨、邻里老账、儿孙褒贬埋下裂隙的，正是他们。他们的闲聊，滋生了村里的大半纠纷。

村里的族长、保长昏聩无知，大家都把公正交付给凉亭。但是，多年来发生过那么多卖婚、虐媳、逼债事件，几个"话佬"闭口不提，或当笑话轻松带过，这就容忍了这类事件的不断发生。从长远看，容忍也就是怂恿。

这些"话佬"，相当于村庄间的传媒集团。

这个比喻可以帮助我们理解，为什么由多数好人组成的传媒，在整体上会起到那么大的负面作用。这中间，隐藏着一系列机制性的原因。

第一个机制性原因，是以客观、公正的形象掩饰着自己的利益身份。

对传媒来说，拥有利益背景，占取权力身份，是它们立足的根基，否则无法进行长期的团队化运行。这是无可奈何也无可厚非的事。但是，它们又需要打扮成客观、公正。读者和观众总是匆忙和粗心的，不可能去辨识真伪，也就相信了它们。即使心里常有怀疑，也只能勉强相信。它们的区别，只在于做得愚笨还是做得聪明。比较聪明的传媒，会尽力淡化利益身份和权力身份。比较愚笨的传媒则相反，不懂得淡化，这就会把自己的格局越做越小。

第二个机制性原因，是力不从心地"反媒为主"，牵引着庞大的社会思维。

社会思维热点的形成，由事情的性质决定，但也需要有人牵引。牵引者，应该是具有人文良知和科学精神的社会精英。传媒，本应是这些精英和民众之间的媒介。"传媒"之"媒"，正是由此得义。但是，事情有时会发生戏剧性的翻转。

大家有没有听到过，世俗社会中有些能说会道的"媒人"做着做着突然眼睛一亮，忍不住"反媒为主"，自己做起了新娘或新郎？传媒在这方面的主动性比那种媒人还高，他们刚刚做了几次媒介，就把自己当作了专家学者、言论领袖、思想精英，还信心满满。

不错，世界上确实有一些传媒人通过多年悉心学习，也具备了专家学者的资格，但那在比例上只是极少数。我所见到的那些信心满满的传媒人基本上都不是，他们一般总是太热闹、太繁忙、太装扮、太浮滑，没有用功学习的时间和心境。其中有些人已经在传媒上侃侃而谈十来年，应该说，他们一直信息灵通、反应机灵，但在思维等级和审美悟性上，几乎毫无进步可言。对于一个普通人来说，十来年没有进步不算什么大问题，但是这些传媒人在历史转折关头占据着这么大的视听窗口，这似乎不太合适了吧？

也有一些学者，本应成为传媒采访的对象，但他们很快发现，在传媒翻滚几下太容易出名和得利，他们也渐渐"传媒化"了，慢慢熟习了传媒间一切表演、作态、造势、夸张、寻衅的手段。由他们来牵引热点，同样堪忧。

一个理想社会的公民，应该拥有不被牵引、不被骚扰的独立性。但是，我回顾自己的一生，青年时代是满耳满眼的阶级斗争宣传，中年时代是满耳满眼的输赢竞争故事，现在是满耳满眼的低级民粹笑闹。这一切都是强加的，直接的强加者，就是传媒。

久而久之，传媒所制造的一个个社会热点，成了民众的一所所学校、一门门课程。结果，正是传媒，培养出了一批批适应传媒、顺从牵引的民众。

第三个机制性原因，是必然与民粹主义的破坏力量隐性结盟。

这就碰撞到精神价值层面了，其间的负面作用更为显著。

传媒为了发行量、点击率、关注度，需要吸引广大民众的耳目，因此总是竭力顺应社会情绪，甚至把自己打扮成"亚法庭"、"亚教堂"、"亚裁判"，企图招引民众的企盼和等待。有些传媒为了显示这种功能，还会随意设计劲爆话题，寻找批判目标，而受害者永远不是它们的对手。传媒当然也有可能遭到法律起诉或同行异议，但那只是偶尔受挫，它们会以更密集的言论、更持久的背向，让受害者永远是受害者。

多数传媒人即使没有害人的故意，却也没有经历过系统的品德修炼，更没有思考过如何避免传媒"轻于大道，重于大声"的恶习。

因此，他们大多随波逐流、同声附和。尤其是现代，传媒获得了新技术的强大支撑，带动着巨额资金和权势博弈，更容易失去道义底线。在很多传媒人看来，舆论道义全在手上，升沉荣辱只凭操作，左右逢源皆是生意，推波助澜即成潮流。

总之，不管什么传媒，在职业本性上都有掩饰利益、牵引热点、包揽道义的特质，并由此构成社会潮流。

四

面对这种潮流，我知之颇深却无力改变，唯一能做的就是保持距离。而且，随着年龄增长，离得越来越远，后来又明确决定"阻隔"。

我不管在海内外哪个地方演讲，总是告诉邀请者，绝对不能让传媒报道。传媒本身也不断地在邀请我，但是，在我决定"阻隔"后，不管他们是请托了我的生死之交，还是许诺每次出场都愿意支付高出我十年薪水的巨额报酬，我都没有点头。

这对我来说很不容易，因为我本来极有可能成为"传媒达人"。

大家记得，过去中央电视台、香港凤凰卫视的相关节目只要由我主导，总能创造令人满意的收视率。我由于始终担任每一届"世界大学生辩论赛"的"现场总点评"，被海外传媒人称为"最善于在传媒讲话的华人"。

为此，我曾一次次自问："如果我进入传媒呼风唤雨，能不能争取到一些比较乐观的可能？"

结论是：不可能。

改变潮流需要具备足够的"对冲"力量，我尚未看到。如果仅仅在个别节目里改变了一些观众的思路，那实在是杯水车薪，于事无补。既然于事无补还参与其中，客观上也就成了喧嚣势头的一部分。

因此，退避是唯一的选择，不能"犹抱琵琶半遮面"。

现在，传媒潮流已经凭借网络高科技囊括了整个社会。因此，从潮流退避，也就是从社会视野中退避，从信息海洋中退避。

下这么大的决心，只想获得一种重要的体验：在现代社会的滚滚潮流中，是否还隐潜着一种千年不疲的精神境界，足以让我孤守，让我消融？

我所获得的体验，无与伦比。因此，直到今天，我没有丝毫后悔。

五

远离潮流，阻隔传媒，只是我个人的选择，在现代，当然不应该也不可能成为别人的生活方式。

但是，通过对现代社会顽疾的长期观察，我坚信，让更多的现代公民不在乎或不太在乎潮流和传媒，是人类的一条自救之路。

说到底，人们只想好好地过日子。既希望自己的起居不被别人窥探，也希望自己的耳目不被浊霾充斥。但是，传媒剥夺了这两种权利，使人们再无独院，也再不清静。

更严重的是，传媒在宏观上还会散布民族纷争、国家对立、金融恐慌、核武竞赛。这一切在以前是由权势力量来策动的，但现代不同了，传媒已经做了浓重的民间铺垫，使权势力量也难于后退。至于传媒对于恐怖主义的普及和教诲，更是成了一场沉重的当代灾难。

本来，传媒既有可能做好事，也有可能做坏事。但是，由于人们对它们太依赖、太冀求、太放任，又太缺少谴责和惩罚，做坏事的频率越来越高。

经常有青年学生问我："如果远离潮流和传媒，怎么可能接触和创造当代的好作品？"

"当代的好作品"？好到什么程度？我在《中国文脉》一书的开头就阐明，凡是关及"文脉"的作品，大多都不是"民间流行"和"官方流行"。随潮而行者，只是鱼虾而已。

仇之惑

一

现在，我们如果问周围的友人："你有没有仇人？"回答一定是摇头。

很多心理导师不断教育民众：放弃仇恨，洗净仇恨。

有的研究者说："一定要站到被你仇恨的对方来体会，终于发现他就是你，你就是他，是一回事，一个人。"

多数人并没有那么超脱，但也不愿意承认自己心中有仇恨。这是因为，当今时代已经无法为仇恨提供太多宏观的理由。不像在春秋战国时代、军阀割据时期、江湖恶斗年月，仇恨常常成为立身之本，其中还包含着忠孝、道义、侠肠、豪气，完全无须遮盖。后来提倡阶级斗争，仇恨，又成了宣传的依据、对立的火墙。到现在，仇恨找不到公共语境了，只能退回到私人话题，而私人话题在现代是没有重量的。任何人只要一提到私家仇怨，旁人只是听听、劝劝罢了，不会在里边寻找正义和非正义的界线。于是，即便有仇恨的人也闭口了，千篇一律地回答道："我没有仇人。"

然而事实上，仇恨是存在的，而且数量很大。

既然口里说了没有，那么，心中的仇恨也就变成了一种暗藏状态、积郁状态，会比公开的仇恨更为严重地吞噬生命。而且，这种暗藏的积郁还会悄悄潜入眼神，为周围平添一股冷漠和阴沉。

因此，不如公开承认仇恨的存在，然后把它作为又一个人生之"惑"，细加研究。

二

人们大多是凭着自己所受的伤害，来建立仇恨的。但这种伤害，往往只是一种心理感觉。心理感觉可以化大为小，也可以化小为大。

这中间，至少有以下两种情况。

第一种情况，伤害不小，而事情很小。

很多人的仇恨，埋在心底很久，早已发酵到一定程度，但追根溯源，是一些小事。例如，我曾听到一些前辈老作家对于其他几位老作家的"毕生深仇"，只要提起对方的名字就眼冒怒火。但细问之下，起因小得无法复述。他们可以忍受巨大的政治灾难，却容不下曾经掺入眼中的一粒小沙子。他们凭着艺术想象能力，把沙子想成了沙丘，甚至沙漠。

这种情况，在世间仇恨中，至少占了一半。不少人总是为这样的事情咬牙切齿：某人在大学操场里当着男女同学的面寻衅吵架，中断了自己的初恋，因此也糟践了自己一生的婚姻；某人在寒冬腊月里拽着我家儿子下河冬泳，儿子得重感冒错过了出国留学考试，由此沦于荒废……这一个个"某人"都成了心中的毕生仇人。但是在旁人看来，说到底，那只是一次吵架、一次冬泳。

说起来，恶果确实严重。但是，从起点通达恶果的这条直线，并不真实。因为，中间必然还有很多别的因素左右了事情的走向，居然被仇恨者全部删去了。受害者的主观因素更是重要而强大，居然也被仇恨者全部删去了。结果，把两个相隔遥远的小点，硬生生地拉在一起，构成了一种牵强附会的仇恨逻辑。

第二种情况，伤害很大，而误会也大。

不少很大的仇恨，由复杂的原因造成，但是，追仇者本着"冤有头，债有主"的单向思维，聚焦成私人责任，进行报复。

例如，一名清代巡抚根据朝廷的旨意处决了一名官员，这名官员的子女就把"诛杀巡抚"当作复仇的焦点。其实，巡抚本人只是听命而已，并不存在处决这名官员的个人动机。

又如，农村土地改革时期，一家地主的房舍被分给了两家农民。几十年过去，地主的后代重新得势，把那两家分到房子的农民当作了仇人。

……

——这样的例子可以不断举下去，每一个例子都证明了一个事实：世间的伤害带有极大的不确定性，而对伤害的报复也带有极大的不确定性。但是，人们不愿意承认一切不确定，只愿意化繁为简，化多为一。也许是世间的"生态文本"太艰涩了，大家都倾向于"易读文本"。但是，一旦易读，也就易感、易仇、易恨。因此，在仇恨的旗幡下，必然裹卷着大量的不理性、不公正。

天下的复仇，容易受到民众同情。因此，一切记恨、寻仇的人更要警惕了，千万不要为人类社会加添新的不公正。必须警惕在同情中，警惕在痛快中，警惕在掌声中。

三

我经历了太长的灾难岁月，若说自己"心中无仇"，那是假话。

在一般人的印象中，江南文人懦弱、胆怯，心中只敢让小恨滑过，不敢让大仇贮存。但是，这是一个无视历史的极大误会。

我家乡确实在江南，古称越地，素为"报仇雪耻之乡"。越王勾践卧薪尝胆的故事，教会了整个民族有关"复仇"的含义。如果说，这是政治上的争霸之路，那么，我还可以举出文化上的顶级学者，作为最高例证。我家乡的先贤黄宗羲，其父黄尊素被奸党魏忠贤集团所害，祖父就在孙子经常出入的地方写下不忘复仇的句子日日提醒。等到十九岁那年，黄宗羲到京城诉讼，居然暗藏铁锤，当堂攻击罪大恶极的官吏许显纯、崔应元直至血流满地，连当初施虐的狱卒也没有放过。这种复仇举动，让朝野眼睛一亮。而且，那双高举铁锤的复仇之手，还写出了《明夷待访录》、《明儒学案》、《南雷文定》、《今水经》等一系列皇皇巨著，光耀千古。黄宗羲至少已经说明，我家乡表面柔婉而实则刚烈，即使是一个顶级大学者，复仇的力量也无与伦比。

如果搁下地域，只讲亲缘，那么，正如我在《借我一生》一书中写到的，一次次改朝换代的最后战场上，总会有一面焦痕斑斑的帅旗绣着一个"余"字。刀戟血性，无与伦比。

不必多讲这些遥远的往事了，还是回到我身上吧。只要是我熟识的亲朋好友都能证明，我的脾性与外表完全不同，可谓耿介彪悍，宁折不弯。因此，对于自己不能容忍的人和事，对于远远近近的仇恨，都会比较认真。

也正因为深知自己的这种脾性，我一直时时警惕着，千万不要把"自己不能容忍"的圈阈扩大，哪怕是一点点。

为了防止扩大，那就着力缩小，就像法院里的"无罪推定"。

我在心中张罗了一个"法院"，举证的要求极为严格，只要有点滴犹疑便立即排除。而且，即使证据确凿了，只要有一丝宽恕的可能，就一定宽恕；只要有一丝原谅的理由，就一定原谅。

这种宽恕和原谅，当然是指对我自己的伤害。伤害能与仇恨相连，那一定是非常大了。因此，这种宽恕和原谅，首先是对自己的战胜，中间会伴随着一次又一次的临窗哽咽、半夜吞泪。

"伤害如此严重，真的全然宽恕了吗？"我不断地质问自己。周围的朋友也会反对，认为这种宽恕和原谅，很可能颠倒真相、混淆视听，而且对方也未必认为是宽恕和原谅，还以为是认败、服输呢。这样一来，对方就极有可能继续施暴，或卷土重来。

我看着这些好心的朋友，久久不说话。

我知道，这些朋友与我的很多读者一样，都焦急地等待着我的"适度报复"。我更知道，只要我发出一个简单的信号，事情就会变得风起云涌、扬眉吐气，因为人气、智商、幽默都在我们这边。几乎不必花什么大力，对方就会狼狈不堪。

然而，我还是向朋友们摇头了，这不是吐气、解恨的问题。

显然，我所面临的这个修行关口，其难其险，不下于剑门、巫峡、壶口。

我决定订立一个最严格的标准，把很多看似"深仇大恨"的人与事，排除在仇恨的范围之外。

这种标准，又可称之为"排除条例"，至少有六条——

（一）伤害再重，如果加害者是在一个政治运动中随着潮流所犯下的暴行，可以排除在外；

（二）伤害再重，如果加害者没有太大特权，尤其是没有官场特权和传媒特权，可以排除在外；

（三）伤害再重，如果加害者不是连续行恶、长期行恶，可排除在外；

（四）伤害再重，如果加害者暴露出了疑似精神障碍的病患，可排除在外；

（五）伤害再重，如果加害者暴露出了太低的生态等级、文化等级和艺术等级，可排除在外；

（六）伤害再重，如果加害者另有社会政治理念的执守而打错了枪，也可排除在外。

四

有了上述"排除条例"，留下的仇恨范围就变得很小很小了。即便是按照古今常规必须包括的对象，也没有包括在内。

在此，我不妨举一些典型的例证加以说明。

第一个例证，在那个十年中一直关押我父亲，使我家八口人一直饥寒交迫的那些人，主要是四个人，被排除在外了。因为，那是在一场政治运动中，很难确证个人责任。

第二个例证，同样是在那场运动中把我叔叔活活逼死的那些人，主要是三个人，也被排除在外了。

第三个例证，那个首先把我冒险编写《世界戏剧学》的勇敢行动诬陷为"文革写作"的北大学生，负面影响遍及海内外。但他主要是误听了两个试图漂白自己历史的上海文痞的谣言，因此也被我排除了。而且，他又符合上述"排除条例"第六条，即另有执守而打错了枪。对他的执守，我应该尊重。

第四个例证，一个与我毫无关系的湖北文人，以完全失控的臆想发表了大量攻击我的文章，每次都有骇人听闻的案情。但我一开始就对他做出了某种医学判断，因此也排除在外。

第五个例证，一个与刚才说的湖北文人相似的上海文人，出了一本书，诬称我著作里有大量"文史差错"。凡是买过我书的人都会去买一本，因此名列"亚洲畅销书籍"。我国当代文史权威章培恒教授发表文章指出该书全是"无端的攻击和诬陷"，此人一看，立即伪造出一个我"抄袭"章培恒的谣言，来挑拨我与章先生的关系。这个行为实在太怪异了，直到我遇到上海长海医院为他看病的医生才知道真相。我深感同情，并告诉医生，此人若有医疗经费上的困难，我可以帮助。

第六个例证，一个上海评论者，曾提出过"谢晋模式"，成了谢晋心中最大的"仇人"。他又制造过"有一个妓女在读《文化苦旅》"的新闻而轰动全国，污辱了我的广大读者。后来，我发觉他只是一个比较浅薄的文艺爱好者，便到谢晋墓前笑着报告了这个结论，请导演宽恕他。

第七个例证，一个被称为北京最激烈"啃余族"的人，把我在地震灾区默默捐建三个学生图书馆的事硬说成"诈捐"而耸动媒体。但当我听说他为一件小事与两个女记者打成一团时，就立即放过他了。生态等级，是一条心理红线。

第八个例证，当北京此人抛出了"诈捐"谣言后因害怕法律惩处而不再吭声，却被厦门一个学者接过去了，在网络上铺天盖地闹了两个月。但我立即放过了这个学者，一是因为他是一切投污者中唯一有点学问的人，二是他此前并无明显毁谤他人的记录。我对他这两个月的失态，深感惋惜。

第九个例证，宁波一家民营服装企业的文化主管，二十年前看我深受盗版之害而束手无策，提出要与我成立一个小型文化公司自行出版。为防盗版集团注意，让我以老父名义出资六万元。此后，他借这个公司名义与香港、台湾、上海三地的出版社一起出了我十二本书，本本畅销。但他几年后告诉我，公司没赚一分钱，我可以把六万元领回，但必须向律师出示我从小的户籍资料，证明"我爸是我爸"。我受如此欺侮却没有起诉，原因是，此人不是什么权势人物，我遭受他的"合法盗版"，只是因为自己无知。

第十个例证，我妻子马兰主演的大戏《红楼梦》轰动海内外，几乎获得一切戏剧大奖，一进上海却遇到了大麻烦。一个上海中年编剧正好也有一台戏在此时上演，为了不被比下去，居然撺掇一个神志不清的老人制造了谁也听不懂的所谓"企图署名"事件，闹得《红楼梦》不想再演了，那个中年编剧的戏就此走红。他现在已成为官职不低的权势者，我始终没有妨害他。原因只是，他听过我的课。为师之心，总有不忍。

……

我说了这十个例证，大致已经说明了修行的难度。青年朋友们如果遇到了愤然难解的仇恨，看看这些例证一定能起到很大的缓释作用。

但是，还有几个"坎"，我无法跨过。因为它们超过了我的"排除条例"，突破了最后红线。

五

说到这里，我要插进一段小小的回忆。

二十年前的一个夜晚，我到南方一座城市去访问一位著名画家。这位画家比我年长十岁，并不长期居住在这座城市，却在这里有一间画室。那个夜晚，他不作画，只是与我长谈，一直谈到深夜。临告别时，他说还要给我看一样东西。他从旅行包里取出一本很旧的画稿，快速翻到最后一页，出现一个名单。名单是用黑笔写的，其中大半名字又被红笔画掉了。

画家告诉我，这是一个"仇人名单"。就是这些人，在"文革"中捆绑过自己，毒打过自己，用最残酷的手段折磨过自己。画家指着名单的前三名说："他们也是画画的，行刑时专打我的右手，这手被打得半年不能动弹，两年不能拿笔，三年不能画画。他们出于同行的嫉妒，要使我一辈子不能画画！"

"这是造反派的司令，"画家又指着一个名字说，"他关押了我三次，但在'文革'结束后清查，他反咬一口，把我说成造反派。直到一年后，两个关押所的看守做证，才真相大白。"

"你留下这个名单是为了⋯⋯？"我轻声问画家。

画家说："我既不会检举揭发，也不会报仇雪恨，他们没有资格成为我的对手。但现在十年浩劫的历史已由他们这批人在伪造，我必须把他们记住。因为我人生最重要的岁月都毁在他们手上了，我要对自己的生命负责。"

我深深地点头，又指了指被红笔画掉的一大半名字，问："这些怎么画掉了？"

"这些人死了。死一个，我画掉一个。上一个月，一连死了两个。我虽然不报复，却一直远远地看着他们。我借着他们，领悟善恶报应的天道。"画家说。

"对！"我十分赞许，"让一切恶人背后，永远有受害者的目光。这些目光，直通天道。"

——正是那个夜晚、那个名单，让我想了很久。

不错，我历来反对夸张仇恨，也反对在不夸张的情况下仇仇相报，因为这是世间灾难的主要来源。这位画家，没有采取任何报仇手段，只是做了记录，只是投以目光，我觉得很有必要。

你可以责怪他心胸不够开阔，未能一笔勾销。但他寥寥几句表述，已经说清了外部理由和内部理由。

外部理由，正如他所说，"十年浩劫的历史已由他们这批人在伪造"。这是必然的，一切作恶者都想把恶漂白，反咬一口，改写历史，因此他们成了历史的执笔者。对此，受害者无能为力，只能保留一点点记忆和目光，这也算保留了一点画家所说的天道吧。

内部理由，正如他所说，"我人生最重要的岁月都毁在他们手上了，我要对自己的生命负责"。这似乎是个人理由，但生命并不只是属于自己，因此也与天道有点关系。

让我感动的是，这位画家在他辉煌的创作上，始终没有沾染任何仇恨的印痕。在他的笔下，人间总是那么纯真、可爱、恢宏、饱满。世界重重地伤害了他，他还给世界的却是大善大美。

从那天开始，我也会在空闲之时，对自己心底的贮存，略做一点整理。

六

我知道自己心中不应该存在"仇人名单"。那么，降低几度，说成是"负面心理名单"吧。

与那位画家的名单相比，我的应该更少，因为画家是一个感性人物，我则应该用理性来更严格地筛选几遍。如果筛选的结果一个也没有剩下，那是最好了。

为了争取这种结果，我咬着牙、憋着气，在先前"排除条例"的基础上，再次把筛选标准定得极端苛刻。

最后定下的标准是以下三条：

（一）此人不仅严重地伤害了本人，还严重地伤害了我的家人；

（二）伤害必须延续二十年以上，至今没有停止；

（三）此人必须是一个权势人物，拿着自己手上的权势或依靠着背后的权势行恶。

有什么人能符合这三条标准吗？

我不能不说："有。"

有几个？

四个。

这里就出现了四个人，利用权势剥夺了我父亲的生存权，剥夺了我的名誉权，剥夺了我妻子的工作权。本想告诉我的读者，他们是谁。但转念一想，他们也有家人，家人应该无罪，那就只好掩盖名字了。曾想标示出姓氏便于叙述，心肠一软也免了。

我只能默默地把他们"关押"在我心底。"关押"的方式不妨柔美一点，于是把他们的姓氏，用谐音合成这样一个名字：浅芳丽莎。

七

好了，我终于做了一件难事，完成了一次心理清理，这也算是一次修行实验。

在心底"关押"四个名字，并不是把他们当作对手。他们身上的恶，是一种庞大存在的小小呈现，远远超过他们的个人责任。请看这四个人，我的浅芳丽莎，行恶二十多年都具有不合常情、不顾常理、不计后果、不知节制的特点，似乎被一种"邪灵"控制了。一种负面积累在他们身上爆发，他们本人也很可怜。

但是，他们身上所负载的黑暗具有巨大的破坏力，任何人都应该认真对待。

据最新科学研究，宇宙间的"暗物质"总是由"超重粒子"组成，重量是一般质子的 10^{19} 倍。这种由"超重粒子"组成的"暗物质"，几乎可以构成一个又一个的"微型黑洞"。

一说"黑洞"，我们应该有点紧张，因为科学家反复证明，这是宇宙间的无底大劫。

若以这种科学现象来比喻，那么，人世间的那些恶，也是超重的"暗物质"，形成社会上一个又一个"微型黑洞"。

八

但是，就个人而言，自己遇到的"微型黑洞"，也有可能激发出正面的精神力量。

星云大师知道我受尽诽谤，在我耳边说了一句话："受辱，是为世界承担苦难。"

那夜，我与他在一起围炉守岁。他这句话，让我领略了大乘佛教的宏伟本义。

除了这种宏伟本义外，我本人对那些恶，还有另一方位的正面感受。

那四个被"邪灵"控制的人——浅芳丽莎，以及被这个芳名蛊惑起来的人群，对我有益无害。

这是因为，我生命有可能遭到的最大祸害，并不是诽谤和受辱，而是分割和霸占。

上文曾经提到，我如果不选择辞职，一定会在更高的官位上奔忙。即使辞职了，也会有许多名誉性的名号、位置、会议向我殷勤招手。对此，我很难彻底拒绝，只能"勉为其难"。

但是，这种"勉为其难"的后果是可怕的。我还会写出那么多书吗？我还会走通那么多路吗？我还会发表那么多国际演讲吗？我还会享受那么多与妻子相伴的悠闲时光吗？我还会长时间投身于那么多古今中外的艺术之中吗？我还会拥有那么多读者和听众吗？

毫无疑问，肯定不会。

但是奇迹般地，我心中企盼的一切都来到了。

怎么会这么好运？

只因为一些人帮了我。

谁？

就是我前面所说的四个人和他们前后的那帮人。

他们在"文革"中接受过"训练"，深知把特权和谣言掺和在一起能够产生什么样的孽力，因此也就有效地赶走了一切向我走来的脚步，阻止了一切向我发来的邀约。这就像在我的帐篷外面挂了好几块"请勿打扰"的牌子，让我这辈子过得安静、舒适、自在。

一点不错，我毕生最大的恩人，就是他们。

这句话的另一种说法是：他们，是以敌对面目出现的知己。

他们的每一个小目的，看似邪恶，但是如果我们不在乎，那些小目的一点点地聚合，却变成了我们殷切企求的大目的。

即便是他们逼迫我妻子失业那件事，时间一长，也产生了正面效应。我妻子不必辛苦地投入所谓"振兴传统戏曲"的泥淖中了，而能一直保持着将东方美学融入现代节奏的悠悠兴致。她现在，肯定比依旧留在那里，更贴近艺术本性。

另外，我们夫妻俩在受尽驱逐的流浪中，相依为命，相濡以沫，互为拐杖，体味到了生命的极致。

也就是说，只要此心光明，即使是遇到"暗物质"和"黑洞"，也能被光明照耀。

想起了王阳明临终时说的八个字："此心光明，亦复何言。"

因此，在仇恨的问题上，我们也就破除了种种大惑、小惑，迈过了修行的最艰难一步。

终极之惑

一

除了"位之惑"、"名之惑"、"财之惑"、"潮之惑"、"仇之惑"，应该不会再有别的大惑需要破除了吧？

似乎没有了，我一直这样想。

破除了这些大惑，其他小惑都是派生物，均可迎刃而解。这样，我们的心灵世界，也就可以干净、开阔了。

但是，万万没有想到，还有一个大惑。这惑，大到可以称之为"终极之惑"。

请允许我先不着急说出名称，只谈一下我在全球考察之后的一个强烈感受。

那是二十世纪最后一年的最后一天，我冒着生命危险完成了一次数万公里的古文明遗址总考察，终于到了尼泊尔。在喜马拉雅山南麓的一个安静处所，我一次次深深地呼吸着，平复剧烈的心跳。

晚上，在烛光、炉火边，我长时间地发呆。我知道，这次考察的结果必须花很长时间来慢慢消化，写很多文章，做很多演讲，现在的任务是休息。但是，一幕幕惊心动魄的图像总在眼前翻滚，让我实在静不下心来。

第二个晚上，一个惊人的想法掠过脑海，我立即从床上起身，点亮蜡烛，烛光在眼中闪耀。

我想到的是一个"反规律"：几万公里亲眼所见，凡是古代文明越悠久、越辉煌的地方，现在的情况就越可怕、越无救。

这是怎么回事？

会不会是一种巧合？

我又陷入了几万公里的回忆。

图像太多，历史太长，且只说地球的经脉——那些大河吧。人类世界所有宏大的文明盛典，都离不开那些大河。请看，底格里斯河、幼发拉底河、尼罗河、约旦河……这些永远出现在各国历史教科书中的经典大河，现在的两岸是什么景象？

除了大河，还有更多同样出现在各国历史教科书中的老城、古堡、神庙、圣殿、皇宫、港口、大道、广场、剧院、运动场、图书馆，都留下了什么样的遗迹？古代的伟业不可持久，只留下遗迹是必然现象，但在这些遗迹四周，为什么总是枪口、地堡、战壕？为什么总是饥饿、病疫、奔逃？为什么总是凄凉、惊慌、哀号？

形成鲜明对比的是，就在它们不远处，那些原来堪称荒昧的"不文明"地区，却山清水秀、沃野千里，有的地方甚至新城连绵，生气勃勃。为什么人类文明的古代史和现代史，提供了截然相反的信号？

这究竟是怎么回事？

历史学家为我们讲述了各个古文明败落的具体原因。但是，为什么不同的原因都遭遇了同样的魔咒？

问题，是不是出在文明本身？

也就是说，是魔咒容不得文明，还是文明本身夹带着魔咒，抑或是——文明本身就是魔咒？

如果文明本身就是魔咒，这就产生了有关人类进化程序的疑问。

那天晚上，在尼泊尔的烛光下，我突然因这种巨大疑问而深深震撼。

我坐立不安。

人生在世，在剥除官位、名声、财富、潮流、恩仇的层层价值诱惑之后，还会留住一个安身立命之本，那就是文明。难道，连它也靠不住？

我从来没有怀疑过文明本身，但现在，不得不怀疑了。

记得德国学者齐特劳写过一本书叫《自从有了哲学家》。他在书的一开头就说，人类在四千年前，过着天堂般的舒适生活，可是到后来，这种日子一下就终结了，"因为突然来了一群唯恐天下不乱的人"，他指的是哲学家。于是，"美好的时代一去不复返了，一个伟大的理论时代业已到来，并一直延续到现在"。

我刚读时觉得他可能是在说反话，故作幽默，这在西方作品中经常看到。但是，他对哲学家出现之前"天堂般的舒适生活"的描述很真诚、很具体，不像全是反话。

美国历史学家斯塔夫里阿诺斯在讲完人类古典文明之后做了一个总结，这个总结以一个问题做标题——

"文明：是诅咒还是福音？"

我因为走了几万公里，不认为他的这个标题是危言耸听。

这个问题高远而又艰深，而且绝大多数文人都未曾触碰，因此下面的文字我也不能不用更宏观的笔调来写了。这个题目下所牵出的"惑"，多数修行者未必会遇到，那就可以跳过不读。只因为我在心中挥之不去，那就坦诚地向知心者做一番表述。毕竟，这本书更倾向于心灵自语。

二

从总体上说，文明之始，一定是人类的福音。

这是因为，在早期，文明是人类对蒙昧和野蛮的摆脱。

我在应邀撰写炎帝陵碑文，以及担任"黄帝文化国际论坛"主席时，曾仔细研究过中国早期的文明起点。毫无疑问，祖先们从原始状态的采摘野果、随机狩猎，到发明工具、主动耕稼、以火熟食、搭建棚寮，都是文明的最初课题。接下来，冶炼金属、集中居住、创造文字、祭拜神祇，便是文明的进步。正是这种文明，使人们与动物区别得越来越清楚，也就是使人真正成了"人"。

这也就是说，文明对人，具有开创意义。人类如果否定文明，那就是否定自身。人类如果背离文明的底线，那就与丛林中的禽兽虫豸无异。

正因为文明如此重要，它就具有了让人服从和仰望的理由。在遥远的古代社会，它就变成了一种权力。当时的人们还不知道权力需要控制，更不知道如何控制，因此开始出现问题。而且，是很大的问题。

这种文明的权力，开始强加于人。文明在传播之初免不了会强加于人，但强加到什么程度却没有界限。既然握有文明的名义，强加者一方总觉得理所当然。就说炎帝和黄帝吧，司马迁说："炎帝欲侵凌诸侯，诸侯咸归轩辕。轩辕乃修德振兵。"轩辕氏即黄帝。于是，黄帝就与炎帝战于阪泉之野，与蚩尤战于涿鹿之野。现在谁都知道，他们都是文明的创建者，但各方都把对方看成野蛮力量，只把文明归于自己。

因此，他们都因文明打在一起了，打的方式和结果，比野蛮更为野蛮。

因此，文明与原先自己想摆脱的野蛮"冤家重逢"，居然呼唤了野蛮，组织了野蛮，实施了野蛮，扩张了野蛮。

但是，文明在做这些坏事的时候，都举着文明的旗帜，即所谓"修德振兵"。举旗者中，有部分是伪装，大多数连自己也相信了。至于追随者，基本上都相信。这就是实施野蛮所必需的愚昧。于是，在文明的旗帜下，野蛮和愚昧集结成了超强的规模，摧残着人类自身。

除了战争之外，文明的其他项目，也都会由于自以为是、强加于人、欺凌弱小，与文明的主旨背道而驰。

这实在是人类从文明起点上就开始进入的一个误区，悠悠数千年，越陷越深。直到今天，人类还在以最文明的理论，张扬着霸权主义、单边主义、恐怖主义、极权主义、民族主义。即便在小范围里，很多所谓"成功人士"也习惯于用最道义的借口残害对手、剥夺财富、悖逆人道。

十九世纪，美国著名的人类学家路易斯·亨利·摩尔根用进化论观点论述人类在古代社会中经历了"蒙昧—野蛮—文明"三个阶段。他虽然注意到了这三个阶段的交叉和混杂，却不知道其间的逆反和互包。也就是说，以他为代表的这种天真的进化之梦，只是一种简单化的概念分割。实际上，他们所说的文明，时时刻刻离不开蒙昧和野蛮，甚至，本身就融化着愚昧和野蛮。

最早把这一点看透的，是两千五百年前的哲学家老子。

老子毕生立言精简，未曾专论文明，却对后来被放在"文明"框架内的一切，都深深皱眉。例如，他不相信神圣、智慧、仁义、功利、孝慈，不相信善恶美丑之间有绝对的界限，更不相信人们在不断讲述着的各种高尚概念。

他认为正是这些概念、这些名号、这些执着，以及由此引起的奋斗、争逐，把天下搞乱了。人类自以为明白了很多道理，其实是越来越愚昧了。

按照他的理论，多说不如少说，甚至不说，因此他不说下去了。把这个问题充分展开的，是佛教，我在以后还要专门讲述。

三

在我们的自身经历中，文明主要是以教育方式、阅读方式、传导方式出现的。每一个方式，似乎都源远流长，庄严堂皇，理直气壮。其实，即便在它们最神气的时候，也潜伏着逆反力量。

最明显的是，在教育中，文明的因素扩充为刻板的理念，分割成固化的组合，延伸成冗长的序列。这对于招收学生、开班上课也许是需要的，但是与文明的深层灵魂已严重脱离。

据我研究，在那些古代文明的废墟中，曾出现过很多学校、图书、论坛的遗迹。这一切，看上去是文明的强化，但当文明遇到严重侵扰，那里并没有出现过有效对抗。反而，由于连篇累牍，连早期文明的筋骨也被埋没了。文明变得庞大、臃肿、烦琐、艰涩，因此蹒跚难行。

其实，只要看看今天大学里的那些教材、那些课堂、那些论文、那些职称，大体也能推知古代废墟的成因。

我在中东和南亚看到的那么多恐怖主义的行迹，追根溯源，大多是因为这些地方文明的层积太厚，裂解的次数太多，形成了无法填平的深沟和险谷。

在联合国发布成立以来第一份文化宣言的当天，我与联合国教科文组织总干事有过公开对话，其中提到因文明过度而造成文明冲突的"逆反规则"。我举了一个经常可以看到的例子。

我说，上海的一个居民社区，百余年来五方杂居，早已朝夕与共，甚至多有通婚。这一天，突然来了几个文化学者，调查社区百余年来不同的移民成分。他们追索来自不同省份的人有过多少次冲突、殴斗、诉讼，其中又有多少冤屈和不公。接下来，他们又统计不同族群子女们成才的比例、犯罪的数字……在这个基础上，他们写出一篇篇报告和论文,在各种刊物上发表。不难设想,这几个文化学者一年下来,这个社区会变成什么模样。

把这个社区放大到整个城市、整个国家、整个世界,情况也是一样。"文明的冲突",起因全在文明,而结果必然是野蛮。

人们总以为,文明的基点是"真相"。但是,我在耶路撒冷看到了以色列人和巴勒斯坦人所说的"真相"千差万别。投入的学者越多,麻烦也越多;发掘的历史越多,冲突也越多。这中间,凡是文明所包罗的一切,例如历史、宗教、音乐、诗歌、建筑、习俗,都卷到了里边。彼此都认为对方"不文明",而两方恰恰都在文明里边,而且都是钻得很深的文明。结果如何? 全人类都看到了。

四

那夜在尼泊尔山麓的烛光、炉火间,我一会儿以大比小,一会儿以小喻大,终于看破了这个原先最不愿意看破的"文明之惑"。

回顾自己一生,一直在学习文明、追求文明、寻访文明、呼唤文明,总是把希望寄托在某些学校、某些课程里,以为在那里可以找到摆脱困厄的天国。但是,讽刺的是,我们的父母长辈所蒙受的种种折磨,全都来自那些文化不低的人群,无一例外。我和妻子几十年间遭受那么多诽谤和驱逐,也都来自充满嫉妒的文明群落。我们躲,我们逃,终于存活在寻常市井间。

与我刚刚经历过的那些文明故地相比,尼泊尔也算是"白丁"。

但正是在这里，山清水秀，天籁无邪，让我静静地深思。

我拨弄一下火炉，又移动了一下蜡烛，立即想起，早在家乡老屋，我还不太会走路的时候，就有这样的火炉，这样的蜡烛。绕了一大圈又回来了，虽然不是家乡，却是家乡的光，家乡的暖。在两重炉火、烛光间，中间那么多听起来很堂皇的名目，细细想来，有那么重要吗？

那夜想多了，疲倦地入睡。第二天一早，凉风满屋，光华满目，不知身在何处。立即起床，在窗口就能发现，被朝阳照得熠熠生辉的，便是喜马拉雅山。

我连忙出门，久久仰望。这才是伟大的山，真实的山，把地球压稳的山，让人类安心的山。与它相比，那些横亘在世人心中的一座座错觉之山，例如前面排列过的权位之山、名声之山、财富之山、潮流之山、恩仇之山，以及昨天晚上刚刚在我心中矮下去了的文明之山，实在是疑惑重重了。

从喜马拉雅山的山麓出发，我还要去一个地方。那个地方叫蓝毗尼，是佛祖释迦牟尼的诞生地。一路上越来越明白，要真正看破一座座错觉之山而摆脱"大惑"，并引导众人一起看破，必须投入深度修行。

不错，在看破种种"大惑"的过程中，我一直在寻找精神领域的喜马拉雅山。

自己的体验和见识毕竟狭隘，因此必须虔诚地拜访一切曾经因"大思考"而"大彻悟"的圣贤和智者，向他们

"问道"。

　　我的"问道"，不分国界。早年完成的一系列学术著作已经表明，我对西方的人文哲学并不陌生。在这霜鬓之年却要坦言，对天地人生最高智慧的揭示，主要在古代东方。

　　这就构成了本书的基本构架：先"破惑"，再"问道"，然后，就可以陈述我是如何安置自己心灵的了，谓之"安顿"。

中部

问道

寻找古代的同道

一

一个人的一生，都会问道。但是，上了年纪之后，情况就与年轻时不同了。道路，已经走过，不必东问西问了；大惑，已经破解，不必假装迷糊了；经验，已经丰富，不必返回天真了。

那么，还有什么可问的呢？

我此刻的"问道"，是访问古代同道。

这实在是最大的享受。我的坎坷感受，居然在一千年前获得了印证；我的诸多话语，居然被两千年前的一位智者简要概括……

与他们类似的人举不胜举，只选其中不多的几十位来陪我。而且，我敢断言，他们也非常乐意听我讲述不同岁月间的修行感受。

因此，问他们，也是问自己。

先从哪里问起呢？或者说，我最想在哪个山口，找到什么样的古代同道，能够好好聊一会儿？

这个首先要找的山口，应该比较险峻。在那里，我们的古代同道，也都郁积着一系列难解的疑问。这就使险峻更加险峻。他们的疑问并不是因为他们无知，恰恰相反，他们已经懂得太多、看得太多，早已把很多寻常的诱惑放下，因此产生的疑问都带有根本性。他们所站立的山口很高，能够俯瞰远近，因此所有的疑问也都茫茫苍苍，囊括方圆。

这个山口，就是魏晋的山口。

我每次只要遇到较大的问题，想做完整的思考，也总是从魏晋开始。这次"问道"，也是这样。

二

魏晋的精神光辉，源自秦汉的精神暗昧。

秦汉时代有如此显赫的政治、军事功业，难道精神是暗昧的？不错，外在的显赫和内在的暗昧，常常互为表里。秦汉的金戈铁马把春秋战国时期的百家深思，撞击得支离破碎。

你看，秦帝国接受了法家"专任刑罚"、"兼吞战国"的方略，建立了一个统一的专制主义集权，却因暴虐不仁而短命速亡，几代法家学者也命运凄惨。汉朝初年，只能向另一个精神方向伸手了，以道家为根基的"黄老之学"一时风行，起到了稳定经济的作用。但是，汉武帝又想"大有作为"，听从了董仲舒的"独尊儒术"。其实，董仲舒的"儒术"，并非"孔、孟醇儒"，而是兼采阴阳五行之说而倡言"君权神授"，直接辅佐汉武帝的政治权力。后来，又渐渐滑向谶纬神学。在社会实践上，从腐败的东汉到纷乱的三国，儒学的伪饰和无效，更是展现无遗。

正是在这种情况下，魏晋产生了一种精神上的"灭绝性清醒"。

照例，无论是汉初刘安的《淮南鸿烈》，还是董仲舒的《春秋繁露》，都已试图摆脱诸子百家的狭窄门派，开拓有关宇宙天地的大思考。但是，由于思考者政治背景太深，权力纠缠太多，投射方向太杂，影响了思考的纯净度和可信度。

这种情况，到了魏晋名士这里就不一样了。他们对政治若即若离、虚与委蛇，却坚守自己的个性立场，保持着俯瞰历史、俯瞰人世、俯瞰名位、俯瞰生死的超越高度。因此，也就有可能从根本上来考虑一系列大问题了。

正是在精神文化和人生哲学上，他们走上了险峻的山口。

他们太不容易，因为他们看到的一切实在触目惊心。宏大的功业，宏大的残忍，宏大的胜利，宏大的失败，宏大的仁德，宏大的阴谋，他们都已一一翻阅。围绕着这些"宏大"所发出的各种高论，他们也都已一一倾听。他们似乎生活在一个高度浓缩的历史结晶体之中，凡是人类能够想象的极端状态，都爆炸式地呈现殆尽。因此，他们不可能再有什么企盼、梦想、担忧、防范，因为这一切都显得那么幼稚、苍白、无聊、无稽。剩下的，只有看透一切的超然。

三

你看那个何晏，在曹操家里长大，中年后也一度拥有官职，不久就被惨杀。作为思想家的他早已腾身于成败生死之外，而是一直思考着天地万物的本源。他认为，天地万物的本源在于一个字："无。"

何晏认为，人世间一般所说的"有"，其实只是因为"各有其名"，但这名都是临时外加的。只有无名、无声、无形，才有万物之生；有了万物之生，才有万物之名、万物之声、万物之形。因此，天地万物，以无为本。

何晏的思想显然来自道家，又想对儒家做出新的阐释，即"援道入儒"。但实际上，他却开拓了一种与正统道、儒并不相同的全新思维等级，被称之为"玄学"。

后代的各种思想史对玄学常常颇多诟病，几乎所有的实用主义者都会断言"清谈误国"。清谈是玄学的基本展开方式，如果没有玄学和清谈，中国人在至高等级上的彻悟都会被取消，那么，整个人种的精神等级就会大大降低。

当然，很多时候人们所厌恶的"清谈"，是指那种陈腐、刻板的官方教化话语，正好与魏晋时代的清谈南辕北辙，不应拿来玷污玄学的清名。

让何晏深深赞叹的，是小一辈的思想家王弼。被何晏发现时，王弼还不到二十岁。王弼的思考方向接近何晏，却又比何晏更周密、更完整。

王弼这个"古代年轻人"曾经对我产生过不小的影响，不少语句我都能背诵，因此忍不住多说几句。

王弼也主张"万物以无为本，自然以无为道"，但他在阐释老子学说时，对"自然"的论述显然超过了何晏。他认为，所谓"自然"，就是自然而然，无所拘束，无所执着，无为无造，无形无际。因此，也无仁无恩。人们常常认为天地有情，有恩有为，其实并不。水土果畜，养育众生，但这并非天地的仁恩，而只是自然。他说：

> 天地任自然，无为无造，万物自相治理，故不仁也。仁者必造立施化，有恩有为。造立施化，则物失其真。有恩有为，则物不具存。物不具存，则不足以备载矣。
>
> ……自然之质，各定其分，短者不为不足，长者不为有余，损益将何加焉。

正因为这样，面对万物的这种自然之性，人要安于被动状态、服从状态。"可因"，却"不可为"；"可通"，却"不可执"。如果总要执着地有所作为，万物就会失真，而且失去存在的基点。

由此，他对政治人物提出了建议："大人在上，居无为之事，行不言之教，万物作焉而不为始（施）。"这里所说的"不为始"，就是不骚扰、不干涉。

"无为"，并不是什么都不做，而只是不做那些不自然的事，不做那些自然安排之外的事，不做那些伤害自然之道的事。由此，他进一步推衍，认为儒家一些由自然民风、真实感情而产生的社会主张，如孝、慈、礼、乐，应该维系，因为它们出自自然，符合自然之道。如果这些社会主张变成了一种虚名之教，掩盖着不仁不义之实，则应摒弃。总之，一切必须本于自然，包括名教在内。自然，已经包容了一切，安排了一切，因此对人来说，只能抱着"无为"的恭敬心态，倾听自然的不言之教，无声之诗。

在王弼看来，无为，就是无框范、无名限、无意旨，因此是真正的"大"。他领悟了老子把"道"与"大"联系在一起的深意。

这种"大"，正因为没有名限，无法表述，只可感觉，且"不知其所以然"，因此又称之为"玄"。

这一下，他就把自然、无、道、大、玄等概念组接在一起了，成了一种哲学构架。

写到这里，我忍不住要稍稍停歇，抢着说一句题外话：这么一个高度成熟的思想家，只活了二十四岁！我在上文说他是"古代的年轻人"，一点不错，他从来没有老过，甚至还远远没有靠近中年的门槛。我想以此来感受一种象征：这实在是中国思维重新焕发青春的时代。

说起来，中国思维的起点，缺少明显的年龄特征。那位高层思维的开启者老子，看上去年纪实在是很大了。跟在他身后的诸子百家，都有一种"老相"，似乎都是要以权威口气、如云徒众来为自己争取地位。因此，即便年纪不大，也年轻不起来。幸好有了魏晋，有了王弼，如此少年英气却一点也不掉份儿，让中国思想史补回了一种珍贵的童真血气。

前面讲到的那位何晏，七八岁时就因敏慧而受到曹操的宠爱。他后来被司马氏杀害时大概已经五十岁了，但那英俊的风姿还是让人难忘。《世说新语》曾提到，他"美姿仪，面至白"。魏晋名士中有很多美男子，他们的形象与人们习惯的中国思想大师很不同，但他们是真实的存在。失去了他们的年少美貌，倒反而是中国思想史的失真。

比他们的年龄和外貌更重要的，是他们的宏观深度。

四

另一位美男子比王弼大三岁，在不到四十岁时被杀。他美到什么程度？我在《魏晋绝响》一文中曾引述当时人们对他的种种描写，例如，说他"龙章凤姿，天质自然"，还说他平日像一棵高大挺拔的孤松，一旦喝醉了酒就像一座巍峨的玉山即将倒下。

这么一个可以称为最高典范的"型男"，居然是中国古代的杰出思想家？不错，但不仅仅是思想家，还是文学家和音乐家。直到临死之时，他还在刑场弹了一曲千古绝响的《广陵散》。大家一听就知道我在说谁了，是的，嵇康。

嵇康已被我郑重写过，不再重复。但是，近几年我在中国艺术研究院所指导的博士研究生中，有一位名叫石天然的博士深研音乐，我建议他的论文不妨以嵇康的《声无哀乐论》为目标。这一来，我又与这位古代美男子接近了好几年。

嵇康也是一位大思考者，可惜后世对他只远眺，不亲近。

关于天地的本源，嵇康的观点与何晏、王弼不太一样。他觉得"自然"、"无"这些概念固然排除了世俗的名限，但在解释天地本源时又显得过于无奈了。他觉得应该从空廓的自然中寻得"元气"。

把天地的本源解释成元气，并不是嵇康的发明，而是嵇康的选择。在他之前，一本实际上很重要却被后世轻忽了的汉代著作《淮南鸿烈》已经对"元气"做了明确的论定。书中说："宇宙生气，气有涯垠，清阳者薄靡而为天，重浊者凝滞而为地。"（《淮南鸿烈·天文训》）

以"元气"来解释宇宙和天地，可能会让很多思维局囿的学者觉得空泛不经。然而在我看来，那些被刘安召集到淮南八公山下的庞大道家智者群体如苏飞、李尚、左吴、田由、雷被、毛被、晋昌、伍被等人，已经触及了现代有关天体物理学和地球物理学范畴的初步猜测。我们现代在说宇宙间的"正能量"、"负能量"时，不能不经常想到这群淮南学子所说的"元气"。

嵇康与汉代的淮南学子已经相隔了四百年。他的一个重要贡献，就是以"元气"来解释艺术，尤其是音乐。他认为，元气分阴阳而成天地，然后又生万物，成四季，显五色，定五音。也就是说，最大的音乐是天地之音、自然之音、元气之音，而不是产生于什么人物要表达什么悲哀与快乐、什么官府要张罗什么礼仪。

他相信，音乐本身无所谓哀与乐，而只是纯净的自然组合，元气连贯。一般人认为有哀有乐，只是一种联想。其实，复杂的音乐和复杂的人间感情，并不能直接对位。一旦对位，便成模式，机趣全失，元气尽泄。他的音乐著作《声无哀乐论》，由此成为一部空前绝后的划时代之作。音乐如酒，谁说酒是制造欢乐还是制造悲哀的？酒就是酒，由天地灵泉发酵而成，与哀乐无关。又像柳树，曲身柳枝如含情告别，但柳树本身并无哀乐，只是与某种情感体形产生了"异质同构"关系而已。

嵇康的这种理论，从本性上驱逐了社会意念对艺术的羼杂。

嵇康还以"元气"解释了人类。

天地间为什么有各色人等？嵇康认为，那是各人对元气赋受的不同，由此产生了或昏或明的人性。有的人特别聪明，有的人特别勇敢，有的人特别贪婪，有的人特别廉洁。这就像原野上的草木，各不相同。有的人包容一点，显得宽广、博大；有的人局促一点，却也安分自守。只有一种极至之人，把最纯净的美好都集中了，内外都很周全，一切都能具备。可惜这种人往往出现一下，就不见了。见到的，都是各有片面之人。

我忍不住要抄引一段嵇康的原文——

夫元气陶铄，众生禀焉。赋受有多少，故才性有昏明。唯至人特钟纯美，兼周外内，无不毕备。降此已往，盖阙如也。或明于见物，或勇于决断。人情贪廉，各有所止。譬诸草木，区以别矣。兼之者博于物，偏受者守其分。……（《明胆论》）

对于这种"至人"，同时代的阮籍有过更完整的论述。他说：

至人无宅，天地为客；至人无主，天地为所；至人无事，天地为故。无是非之别，无善恶之异。故天下被其泽，而万物所以炽也。（《大人先生传》）

我舍不得把这些精彩的原文翻译成白话文，但读者只需诵读一遍就能感受，这实在是人世间最伟大的人格理想。

虽然是理想，但他们自己却做到了。对此，我在《魏晋绝唱》一文中已有描述。

五

我花了那么多篇幅来讲魏晋名士，是想说明，中国智者曾经有过一个集体彻悟的时代。彻悟的重要标志，是投入对宇宙、对天地、对生命的宏观思考、本源思考。

我每次去欧洲，看到从古希腊到米开朗琪罗、罗丹对历代思想家、哲学家的精彩雕像，在敬仰之余总会产生一丝对比性的悲凉。这些被花岗石凝冻的鬈发、长袍、高鼻梁、深眼窝，不管蒙受多少浮尘和苔藓，不管熏染多少战火和劫灰，都依然屹立在民众的头顶。欧洲，也因他们而心气高扬。中国有没有这种可以镌刻的思想家和哲学家？似乎图像模糊，其实一点儿不差。你看，即便同代人形容嵇康，也已经往雕塑的路上走了。

魏晋时代的思想家和哲学家，至少在外形上绝不会输于希腊同行们。但是，中国的思想长廊里很少有这些雕塑，有的多是峨冠博带、表情刻板、大同小异的官吏画像。即使有孔子的木版画像，那也实在太粗陋了。幸好，当代出现了写意派雕塑家，开始用灵动的青铜之诗来再现先哲神貌。

失去了魏晋时代的"型男"雕塑长廊，中国思想史就删略了一个极为关键的大思考平台。明明醒过，却又睡眼惺忪了，惺忪得那么懒散，又那么烦躁。

我有幸，不小心早早地碰到了魏晋。我被深深地震撼了，明白了在巨大的灾难中如何看穿世态、解脱身心。我当时就觉得，魏晋名士离我很远，又很近。有了他们在前面，我就回不到那个壅塞、嘈杂的山谷中去了。后来，那个山谷中总有一双双手试图把我拉拽回去，我心中只要一念叨"魏晋"，像是神咒作法，我便定住了。

但是，"魏晋"二字在后代中国的实际影响并不太大。为此，我写的那篇《魏晋绝响》，重点在"绝响"。

这事，既要怪中国历史，也要怪魏晋名士。他们确确实实存在一个巨大的缺憾。

那就是，他们太局囿、太自我、太排他、太小圈。他们的思想经天纬地，他们的身影却躲进了竹林。他们追求个性自由，却又过于自以为是。他们轻视礼教，却忽视了儒家所承担的社会责任。他们从容赴死，周围的民众却不知他们为何而死。他们啸傲山野，却不知离他们不远处那些炊烟茅屋下的世俗人心。

那么，如何来弥补他们的这种缺憾呢？

其实，一种宏大的精神力量已经在他们身边出现，那就是佛教的兴起。

于是，我也随之继续往前走了。

参拜佛门

一

我出生在一个佛教家庭，自幼天天听祖母诵念《般若波罗蜜多心经》，长大后对晨钟暮鼓、袈裟蒲团也不陌生。但是，我深入研习佛教却很晚，是在领略诸子百家和魏晋名士之后。这个顺序，倒是与中国的历史顺序一样。

深入研习佛教之后，我领悟了人生的深层奥秘，也找到了以前破惑的终极依据，真可谓心定气翔，天高云远。

说起来，佛教自汉代传入中国之后，力量尚小，到了魏晋时代还经常依附于玄学得以生存，因为在内容上有相近之处。但很快，魏晋名士的诸多缺憾使玄学凄幽地萎谢，而到了西晋之后，玄学的余绪就要凭借佛教来栖身了。

为什么佛教能快速强大？原因很复杂，我已在多部论著中做过阐述。而与玄学相比，它的明显优势正在于强大的精神责任和传扬功能。

在玄学的清谈、醉饮、琴声中，黄昏的竹林，人迹已稀。但在竹林的不远处，佛教的僧侣们却在辛勤跋涉。说起来，佛教在精神上也是超尘脱俗、重在内心的，那么，他们为什么还要在人世间不倦地传播佛理、翻译经卷、兴建寺庙、聚集信众呢？

可见，这是一种外向型、普世型、传导型的精神信仰，与其在精神上的超尘脱俗、重在内心，构成了一种"相反相成的张力结构"。这样的张力结构，魏晋玄学并不具备。

往更早比，同样外向型的孔子、墨子和他们的学生团队，也曾长久地跋涉世间，但他们要传导的精神也是充分入世的。也就是说，因顾念大地而深入大地。因此，同样构不成"相反相成的张力结构"。

孔墨以入世来救世，玄学以傲世而避世，佛教以巡世求脱世。

佛教所要的脱世，既包括自身，也包括众生，后来由这两方面的不同侧重而分为"小乘"和"大乘"。但在我看来，自释迦牟尼创立之始，佛教就具有以大船引渡众生的"大乘"襟怀。

我本人曾寻着他当年的路程，从尼泊尔的出生地到印度的苦修洞、菩提树下的彻悟处，再追到初次弘法、招收徒众的鹿野苑。在鹿野苑的讲台遗址，我流连很久，心想佛祖从这里"初转法轮"开始，就终身讲述，终身传道，处处破惑，惠及世界，为人类两千五百多年漫长而又艰难的岁月，加添了多少宁静和慈爱。因此，这是一种具有大担当的宗教，难怪所有寺庙的中心，都被称作"大雄宝殿"。

所谓"大担当"，就是凭借大思维，面对大世界，解决大难题。

二

佛教为了让众生接受自己的大思维，总是会后退一步，讲究推广之法，而不能像魏晋名士那样扭过身去冷脸硬挺。大乘佛教把推广之法称之为"沤和俱舍罗"，一般意译为"方便善巧"、"方便法门"。

大思维不端大架子，不摆大深度，而在众生容易接受的口道上着力。结果，吸引了大批陌生者、抵拒者入门，却又不伤害教义。这个问题，在汉代支娄迦谶传译的《道行般若经》中多有讨论。

例如，佛教话语的起点总是人生，而一讲人生总是先讲人生之苦，这便找到了一个众生都能切身感应的痛痒之处。才几句话，人人都愿意听下去了。

相比之下，儒家的话语虽然通俗易懂，但讲来讲去都偏向于政治仁德规范，诸如王道、霸道、治国、平天下，一般民众很难切身感应，倾心投入。佛教，经由它的"沤和俱舍罗"，变得与每个人有关，与每个家庭有关。这就是孔墨和玄学比不上的了。

我幼年时代在浙东乡间，见到很多文盲妇女都在天天念经拜佛，躬行着她们所理解的最简单的佛理，也就是"积德行善"，这成为当时乡间文明传承的主要缆索。相比之下，儒学在文盲群体中就很难找到活动的空间。可见，正是佛教的方便善巧，取得了绝无仅有的精神成绩。时至今日，柔软度更高的"人间佛教"，把佛教的生命力推向了新的时代。

超尘脱俗却不弃尘俗，深知黑暗便不倦点灯。既然有心济世，就不应该事先对世间有太多的要求。

经常听到有人在大声抱怨僧侣团队研习佛理不够精深，信众香客礼佛动机不够纯净。这当然是事实，但不应抱怨。在我看来，佛教的兼容并包、来者不拒，体现了一种精神度量上的宏伟。如果来到寺庙的僧侣和信众都已经充分觉悟，那又何须引渡？

三

佛门虽然宽敞，高阶却是峻拔。如果处处是方便法门而找不到教义核心，佛教就会成为一片没有高度的平地，甚至成为杂草丛生的泥潭。

我曾经在印度菩提迦耶的那棵菩提树下，长时间地思考过佛学的核心。后来，在一篇解释《心经》的专文中曾表述过我的选择，那就是"缘起性空"。对于这个选择，我在那篇文章中有过比较仔细的论述，在此就不重复了。

解释《心经》的那篇专文，收在我的著作《君子之道》中，概括了我对佛学核心理念的认识。收在那本书里，也是为了表明中国古代君子的一个重大精神增补。另有一篇《佛教的事》，收在《中国文脉》一书中，通论了佛教在中国的命运。把这两篇文章加在一起，构成了我对佛教的大致理解。阅读本书的读者，在进入下面有关佛门的篇章前，不妨先读读那两篇文章，以便获得要领。

需要从中国思想史的长流中加以说明的是，佛学所说的"缘起性空"，与魏晋玄学思想家何晏所说的"以无为本"，既有近似之处，又有很大不同。

我说过，何晏已经够厉害的了，他不仅看出了"有"背后的

"无"，而且把"无"看成是一切的本源。更厉害的王弼，进一步把"无"看成是自然大道。这本来已经达到一流哲学的高度了，但他们都还没有进入"本源的本源"，即还没有揭示"无"是怎么产生的。

这一点，佛教做到了。佛教认为，"无"产生的原因，就是"缘起"。也就是说，天地万物的形成，只是种种关系的临时组合，而每一种关系又不固定，也都是其他远远近近关系的临时组合。因此，一切的本性是"无"。

但是，佛教的汉译者们小心翼翼地比较了"无"与"空"这两个汉字在内涵上的微妙异同，最后决定采用那个"空"字。

在佛学家看来，万物虽然存在却没有自性，因此是"空"。相比之下，"无"，是对存在的否定。而"空"，并不否定存在，只是否定各种存在的自性。

因此，"性空"比"本无"更深刻。

四

说到这里，我开始怀疑自己：是不是已经说得过于玄虚了？那就要再度借用佛教"方便法门"，继续用通俗的例子来缓解一下。

在解释《心经》的那篇文章中，我已经用"流水"和"教师"的例子来对"缘起性空"进行了通俗化讲解，这儿可以再举一个。佛教，总是会用源源不断的生活实例来阐释艰深本义，实例越多越容易让人觉悟。

佛理无处不在。我此刻正端起茶杯喝水，因此想用茶的例子，来说明如何由"缘起"抵达"性空"的。

茶，哪怕仅仅是一片茶叶，它的生长，也是由无限量的偶然因素组成。譬如，产地的经度、纬度、高度、温度、湿度，以及土壤的酸碱度……太多太多的"度"交织在一起，其实也就是大自然中太多太多的偶然正巧相遇。相遇了也不能固化，因为立即就会碰到采摘、晾晒、烘炒、杀青、贮存等各种复杂的条件。即使到了这一步，未被冲泡的茶叶，对人类也不具备明确的价值，因此又要面对水质、水温、手法、壶体、炉火的无数可能。当种种可能恰巧具备，才能变成一口茶。

你看，成就一口茶，就隐伏着成千上万个不确定的条件偶合，也就是成千上万的"缘起"。在这个漫长、飘忽的过程中，哪一段，哪一点，能够包揽茶的"自性"呢？没有。但是，哪一段，哪一点，又都决定着茶之为茶的"缘起"。

这种"缘起"还可无限生发。例如，即便仅仅说到茶壶，就又要牵涉到五色土中紫砂泥的地域、成分、寻挖、窑烧，每一点又有无数"缘起"。即便说到冲泡手法，更要溯及男女茶艺师的出生、入行、拜师、性格等偶然因素，仍然是一大串的"缘起"。

那么多无穷无尽的"缘起"，都奔向茶，因此，茶的"自性"也就呈现为一种广泛散逸的不可寻觅状态。这种"自性"，其实就是一种"空的存在"，故谓之"性空"。

好了，一口茶终于喝到了。但是，喝下去之后，茶的概念是从什么时候升起，又是从什么时候消失的？……把这么一个既找不到头又找不到尾的缥缈过程浏览一遍，我们大体明白"缘起性空"是怎么回事了。

茶是这样，那么，推衍开去，世上的每一个方面，也都是这样。

一切都是一个个变化不定的漫长过程中的偶然组合，因此都是"缘起"，也都是"性空"。

五

"缘起性空"，是天下万物的真相。不明白这一真相，人们就会陷入"无明"的陷阱，苦恼不堪。佛教救人救世，就是希望把大家从陷阱里拉出来。

如何拉？那就是一遍遍告诉他们，天下种种让人追求的东西，无论是官位、财富，还是名声，一切都是偶然，一切都在变化，一切都是临时，一切都是暂合，一切都没有实性、本性、自性、定性。

还要告诉他们，大家从无限偶然组合的变化长程中，截取一些小小的片段予以固化，正是一切困厄的由来。因为固化了的片段就必然伪设"属性"，与其他片段切割、对比、较劲、互伤，由此造成一系列灾祸。

只有知道了任何一个片段都没有理由被固化，那么，从切割到互伤也就失去了理由，连灾祸也失去了理由。

这一来，我们就从对"性空"的认识，到达了"性空"的自由。

在"性空"的自由中，魏晋名士所揭示的"无"就一一呈现了。你看，无绳、无索、无栏、无墙、无界、无边、无羁、无绊，随之而来的，也就无拘、无束、无惧、无忧了。这，难道不就是真正的自由吗？

这许许多多的"无"，加在一起，也就是"无常"。所谓"无常"，大致是指无常规、无常态，一切都无法预计，一切都无法依靠。

初一听，"无常"让人感到有点心慌。因为世上一切限制、障碍和围栏，都是按照常规、常态设置的，即便令人厌烦，却也可以被依靠。一旦撤除，便很容易变得手足无措。

但是，佛教还是要我们撤除。因为在"无常"的洪流中，抱住岸边的几根小围栏反而更加危险。所以，不要指望那些"不可靠的依靠"。

尤其是对未来，人们总是依据常态估算，来争夺未来的拥有。其实，这种争夺都应该放弃。

未来的一切都靠不住，"无常"是唯一的结论。

乐于接受"无常"，这是一种最健康、最积极的人生状态。来什么就接受什么，该怎么着就怎么着，一切都能对付，无事不可处理，而且是在未曾预计的情况下来对付和处理。即使突然冒出来令人惊悚的情况，也只把它看作是自然的安排。这种人生状态，是多么令人神往。

乐于接受"无常"，人生的气度也就会无限开阔。

我们喜欢用"气吞万汇"来描写最辽阔的海口。这样的海口永远不会拒绝逆流、浒藻、暗潮、狂波、浊涛。什么都可以进入，一切都可以吞吐，百般都可以来去。来了，不惊惧，不希冀；去了，不悔恨，不抱怨。

这种气吞万汇的风范和魅力，正是来自"缘起性空"和"无常"。

群山问禅

一

佛门是一个山门，里边有很多大大小小的峰峦。进入山门之后，一一攀援叩问，总能使人生境界逐渐上升。

这种上升无法考评，只有自己知道。那就是：气，日见定；心，日见明；身，日见轻；步，日见稳。

我说佛门里有很多峰峦，是比喻一个个佛教宗派。例如，天台宗、唯识宗、华严宗、净土宗……可谓层峦叠嶂，气象不凡。其间尤有禅宗一脉，尤令中国人心动。公元七世纪由慧能真正创立属于中国大地的禅宗，很快在中唐之后盛行，成了中国佛教的主流和归结。

那就先来看看这片土地在接受禅宗之前，以及在接受禅宗的过程中，曾经呈现过哪些佛教门派。

二

这里要介绍的第一个佛教宗派，也是中国佛教的第一个宗派，那就是**天台宗**，与浙江的天台山有关。

天台宗的实际创始人是公元六世纪的著名僧人智顗，但在名义上，还有始祖龙树、二祖慧文、三祖慧恩，智顗是四祖。智顗在湖南出家，毕生游历多地名山，天台山是其重要一站。

天台宗又称**法华宗**，因为《法华经》是其主要经典。

天台宗的教义比较烦琐，而我最上心的，是"圆融三谛"、"止观双修"和"一念三千"这十二个字。

把一个庞大的教义系统减缩为十二个字，是不是有点过分？可能有一点，但这十二个字，已经很不简单。

先说"圆融三谛"。

谛，一般是指本质意义，而且是"不虚诳之实义"。我们在日常文字中用"真谛"二字，近于真理、真义。

前面已经说过，佛教认为天地万物的真谛是"空"。但世俗民众看到的，恰恰是"有"，也就是"万有世界"。因此，在"空"这个"真谛"之外，还有一个"俗谛"，那就是"有"。

以"空"的目光来看，一切"有"在本性上都是"假有"。但是，本性虽是"假有"，在相状上还是实实在在地存在着。这种特别存在的相状，可以称之为"别相"。

既然如此，我们的思考能不能进入一种包容状态，也就是容纳一种既不执着于"空"，也不执着于"有"的"中间之谛"，即"中谛"呢？于是，天台宗提出了"空"、"假（有）"、"中"这"三谛"。有了这"三谛"，世事集合了，连俗见也进入了，一切就可以平和地讨论、比较了。最后，"三谛"还是会归结为"真谛"——"空"。但是，有了这个包容世俗的情怀，把"空"和"有"一起纳入思考范围，毕竟是一种宽厚、通达的思维态度。

这不能不让人想起被天台宗尊为始祖的龙树。这位公元三世纪的印度佛学大师认为：世俗之有，毕竟是空，但"毕竟空"存在于"世俗有"之中，因此，"中"很重要。天台宗让这"三谛"圆融成一体，让佛教教义更加走向了温和、丰盈，避免了"一锤定音、八方噤声"的状态。

既然是"圆融三谛"了，怎么才能让"三谛"渐渐归于"真谛"——"空"呢？那就要"止观双修"了。可见，圆融之后，还要有引导、有方向。

"止"，是止息散心，收拢分心，回归本心，让本心"静如止水"。这样，就可以深入地观想外界的种种明色，种种"别相"了。越是观想，心源越是集中。这就像挖一个池，让池水宁静无波，且又映照四际。这个过程，既需要"止息"，又需要"观想"，谓之"止观双修"。"止观双修"，是智颉最重要的学说，也是天台宗的立宗基础。

表面上看，要"止"的心很小，要"观"的世界很大。但是，一切的归宿都在乎心。智颉在天台山口授的《观心论》就详述了这个道理。心念的起落，足以搅动大千世界，而大千世界本来就在心中。因此，心中一念也就与大千世界产生了呼应关系。这么一说，"一念三千"的意思也可以明白了。"三千"，就是大千世界。

天台宗的好处，是把"三谛"、"双修"、"一念"、"三千"，全都圆融一体了，彼此和合，互济互生，绵绵不息。因此，天台宗给人印象最深的，也就是圆融、和合。

我从天台宗，所得颇深。例如，深知要坚持真谛，却也要照顾俗谛；深知要固守静寂，却也要明观世事；深知要止息心念，却也要融涵世界。

三

对**唯识宗**，我也曾认真关注，因为玄奘。

这是玄奘和他的弟子窥基创立的佛教宗派，又是他伟大的取经之旅的成果。字字句句都让人联想到千里之间的沙漠驼影，不能不恭敬万分。

唯识宗又叫**法相宗**，也叫**慈恩宗**，因为窥基常住慈恩寺。它的中心话语，就是"万法唯识"。意思是，世间万千事物和现象都没有实性，都只是心识。除了"心境"，不存在一切外在的各种境域、境界，因此又提出"唯识无境"。

但是，人们总喜欢普遍地"设计"各种事物的自性来执守。其实，这种执守都倚仗着"他因"。只有明白了这个道理，才能圆满地达到事物的实际空性。——我的这几句浅显表述，已经动用了唯识宗"遍计所执性"、"依他起性"、"圆成实性"这三个被称为"三性"的深奥概念。

既然人们的设计是空的，追根溯源找到的种种"他性"因缘也是空的，一切只在心识，于是，唯识宗就对心识做了细致的解析。

简单说来，心识的前提是眼、耳、鼻、舌、身等的感觉，可称为"前识"。在这基础上，产生意识，而意识又受"自我"的内心所控制。再进一步，在"自我"的内心背后，又有一个神秘的暗仓，称之为"藏识"，各种心识的"种子"就藏在这里。"种子"当然会受到"自我"活力的熏习，变成各种行为，但各种行为的背后，都只是藏着的心识而已。

唯识宗有关"藏识"的论述，常常让我联想到现代欧洲文化人类学所说的潜意识蕴藏。

唯识宗又对意识过程进行了划分。例如，发现、确定、验证、认知这四段，又以"四分"来表述："相分、见分、自证分、证自证分。"这些概念说明，各种对象外物，其实都是意识自身运动的结果。

我在很多年前写作《观众心理学》时曾研究过西方心理学对意识过程的论述。相比之下，唯识宗对"自证分"和"证自证分"的提出，是一种独特的发现，为后世所不及。

唯识宗并不否认外物的存在，却又强调认识主体的判断才具有根本意义。例如，面对一个美人，应该明白"美人"这个判断的形成完全出于人们的心识，没有心识，就没有美人。所谓"公认的参照坐标"，其实也就是不同时空的"集体心识"。如果要进一步论及美人的风度、气质，那就更是心识了。天下万事万物，皆是如此，因此"万法唯识"。

唯识宗认为，既然"万法唯识"，那么，种种境遇都应该归之于无，即"唯识无境"。因此，"我"对于境遇的所知、所求都属虚妄。只有灭"我见"、断"所知"，才能去除烦恼，使心性由"染"而"净"，由"迷"而"悟"，通达如来涅槃。

我这个简单的介绍，极大地省略了自己在研读唯识宗时的辛苦。这个佛教宗派实在是太烦琐、太细密了，我每每从典籍中抬起头来，遥想当年玄奘在印度那烂陀寺跟随戒贤学习时"晨夕无辍"的惊人毅力，更佩服他回到长安后在译场要裁定那么多汉语概念的无比艰难。

我的介绍，避开了很多更复杂的内容，尤其是玄奘以因明学来论证唯识论的部分。还有，作为唯识论基本教义之一的"五种姓"说，也没有涉及。这种教义是根据心识的"种子"和阶段对人类进行划分，直接来自玄奘在印度的宗师戒贤，玄奘又授予窥基。据我比较，确实很接近我曾深入研究过的古印度婆罗多牟尼的学术格局。唯识宗的这个教义，后来又衍生出"众生能不能成佛"的分歧，成了玄奘门下的不同派系。但总的说来，确实是过于复杂。

我一直相信，再精彩的教义，如果太复杂、太烦琐，就很难在中国流传。唯识宗在唐中期之后几乎完全被简约的禅宗所替代，是有理由的。我甚至认为，即便在印度，佛教后来的消亡当然与战乱和异教的打击有关，但它本身渐渐趋于沉重、艰涩、臃肿、老迈，也是重要原因。

四

不能不说**华严宗**。

华严宗起得很早，从东汉末年到南北朝已形成学派，到唐宋大盛，中心由陕西而流传全国。

在佛教的各大宗派中，我对华严宗特别崇敬的地方，是它宏大的气度。正是这种气度，解决了我在领悟大乘佛教时的一些基本课题。

华严宗的核心理论，是"法界缘起"。这四个字，与我们在前面专门论述过的佛教主旨"缘起性空"很近似，但还有特别之处。那就是，在"缘起"前面所加的"法界"二字，所包含的范围极大，是指万千世界，宇宙本体。因此，说"法界缘起"，就出现了一种体量无限的互创状态：凭着无穷无尽，生发无穷无尽。因此，"法界缘起"又可以称作"无尽缘起"。

相比之下，"缘起性空"的归结是性空，而"法界缘起"的归结是无限。

对于无限世界的种种相状，华严宗做了一种巧妙的排列：一叫"事法界"，指的是各种不同的"事"；二叫"理法界"，指的是不同的事所蕴含的"理"，也就是本性、佛性；三叫"理事无碍法界"，指的是不同的事与共同的理之间相通无碍；四叫"事事无碍法界"，指的是世间各种事都相通无碍。

这个"四法界"，说起来有点绕，其实意思倒是明白：世间各种不同的事，本性相通，因此互相都有关联。

为了说明这个道理，华严宗用了一个著名的比喻。

宇宙就像一片大海，永远翻卷着不同的波浪。但是，各种波浪都是水，本性相通。由于本性相通，所以每个波和每个浪之间也相融无碍。

如果把这个比喻进一步生发，就可以直接阐释"法界缘起"了。大海就是"法界"，它由波浪组成，又生起了所有的波浪。这就是凭着无穷无尽，生发无穷无尽。

华严宗进一步用分类法分析了各种"波浪"，也就是世间的各种相状。例如，总相、别相、同相、异相、成相、坏相等。每一种相都可以细加论述，但它们都可以互相缘起，互相生发，互相包含，终究又能融成一体。于是，任何一体都能代表分体和全体，而任何全体也都能代表一体和分体。

用同样的思维，华严宗在分析各"相"之外，还分析了各"门"，提出过"十玄门"的概念。这十个门，也都能互相贯通。而且，也是"十即一"、"一即十"，每个局部都联通整体，一切整体都渗入局部，不可分割。

华严宗的这种论述，从宏观上回答了大乘佛教的一个根本问题：一个修行者，为什么在自我解脱之后还要引渡众生？

这是因为，天地宇宙本为一体，万事万物圆融贯通。任何失漏，都会通过复杂的线索而影响整体；任何补益，也都会通过曲折的管道而滋养全局。

基于这么一种思想，任何一个觉悟者怎么可能不去救援和帮助别人呢？如果不去救援和帮助，又怎么称得上真正的觉悟者呢？

因此，佛教也就把一艘艘孤单漂泊的小舟变成了负载众生的"大乘"，把独门独户的洁身自好变成了人人企盼的醒世大雄。

解答了引渡众生的问题，接下来，触及一个更加根本的佛法主旨：既然宇宙一体，万事相融，那就应该放弃"我执"，进入"无我"境界。

在华严宗看来，既然宇宙一体，万事相融，那么，世间的各种异事怪相，都与"我"相关，甚至就是"我"的一部分，只不过或近或远、或亲或疏罢了。若能耐心地梳理层层因缘，寻探追索，必定能发现世间很多自己不喜欢的负面形态，也与自己脱不了干系。那么，这个无限叠加、无尽组接的"我"，还是"我"吗？当然不是。"我"的自性，只能是空。

由此可见，佛教里的"无我"，并不是道德上的"公而忘私"，而是道尽了一种宇宙真相。不必经过道德克制而忘我，"我"，本不存在。

上文在介绍天台宗时曾经赞扬其圆融，但在整体上，更圆融无碍的，是华严宗。它历久不衰，正与这个优点有关。缺点是由优点引起的，由于圆融，它吸取其他宗派的内容过多、过杂，又由于与皇家过往较密，打上了无法掩饰的政治印痕，染上了高谈阔论的贵族气息。

顺便提一下，与华严宗的贵族气息完全不同，另一种佛教宗派**净土宗**，却以最简易的理念和方式吸引了广大下层民众。净土宗只要求人们虔诚地向往一个与世俗世界对立的"净土世界"，观想几尊慈悲的佛像，专心地诵念"阿弥陀佛"，就可以进入佛门，走向人间净土了。净土宗认为，唯有念出声来，才能得到佛力的帮助。

净土宗的实际创立者是唐代的善导，传教地是长安光明寺，后风靡各地。简单说来，就是用最简易的方式，引发最洁净的心愿，去追求最洁净的目标。由简致简，由净致净。

这条路子，因方便易行，最容易帮助那些失学少文、生计艰难、走投无路的贫困百姓燃起生活的希望，社会效果很好。

在信仰上，简易，往往也是一种拯救。

五

好，这下可以真正面对禅宗了。

中国佛教在这之前，已经积累了很多精神资源，也面临着很多坎坷、泥泞。我们现在觉得烦琐的，历史也感觉到了；我们现在觉得沉重的，历史也感觉到了；我们现在觉得衰滞的，历史也感觉到了。既然历史感觉到了，那么，也就是天地感觉到了。

因此，构成了一种有关更新的全方位呼唤。

呼唤来的，是**禅宗**。

但是，禅宗并非横空出世。谁都知道，当初在灵山法会上，"释迦拈花，迦叶微笑"的故事，就很有禅味。为何拈花，为何微笑，都说不清，也不必问，一切最微妙的感觉尽在不言中。虽不问不言，却无比美好。神秘中的美好，这便是禅的最初踪影。

由菩提达摩传入中国后，禅宗很少立有正式文字，由此产生了很多传说和故事。那就听听吧，追究不得，执拗不得，这就是禅的态度。

禅的态度，来自禅的本义。但是，禅并没有严格的本义。如果放松地说，禅，原文"禅那"，是指一种"静虑的修心方式"。功夫都在个人内心，因此就不需要太多集体仪规了。

这种修心方式，与我前面说过的魏晋人物对佛教初次邂逅正好契合，又牵动着中国式的高超诗情，因此一下子就在中国生根了。

那就必须认真说一说那个慧能。

严格说起来，慧能是中国禅宗的真正创立者。尽管禅宗按习惯把宗谱排得很远，算到慧能就成了"六祖"。在他前面，有初祖达摩、二祖僧可、三祖僧璨、四祖道信、五祖弘忍。

慧能出生于岭南，于公元六六一年到湖北黄梅向弘忍法师学佛，后继承衣钵。这位禅宗的真正创立者居然不识字，这是一个让人震撼的信息。不是震撼于他"由失学到博学"的刻苦，而是震撼于禅宗的一个重大本性：不依赖文字。

不依赖文字，也就是不依赖一切以文字代代相传的理念、传统、成见、定规。禅宗讲究"直指人心，见性成佛"，那就是要排除重重遮蔽本性的雾霾，看到真正的人心和本性。

禅宗并不一概排斥文字。它的很多活动、会讲、传播都会利用文字来实行。但是，头号首领不识字，恰恰是摆定了文字应处的恰当地位。显然，文字的地位并不太高。

在慧能他们看来，文字就像一群三朝元老，浑身带着一大堆精致的锦缆，只想让年轻的王者快速陷入时间和空间的迷魂阵。而禅宗却要让年轻的王者返回无瑕的童年，找到未受种种污染的洁净人性。

在社会上，一般人都认为，以文字为基础的教育过程是优化人性、提升价值的必要途径。由此，很多人都把名校、学历当作衡量人生等级的标准。古代的禅师虽然不知现代教育的状况，但按照他们的思路，一定不会认同。很多看起来不错的教育，也常常扭曲了人的本性。有时，教育越是有效，扭曲也越是严重。

对于这个问题，我自己也曾深为疑惑。后来，一次亲身经历使我明白了此中奥秘。但是，现在社会上明白这个奥秘的人还是太少太少，大家仍然在做很多违背本性的事情。因此，我想暂时绕开禅宗，借着艺术教育来说一点相似的道理。这一定有助于更好地理解禅宗。

我在担任上海戏剧学院院长期间，曾经宣布过一个决定，把学院的极大精力放在招生上。这听起来有点过分，却出自我多年的经验。什么经验？那就是：真正杰出的艺术人才靠"天赋"，而不是训练。这里所说的"天赋"，近似于禅宗所说的本性、本真、真如。

再进一步，在招生的时候，我们基本不招收那些从小在少年宫、文化馆、俱乐部接受过业余训练的人，而只会对那些并无表演经历，更无登台经验的"未琢璞玉"感兴趣。这是因为，那些训练，大多把一块块上好的璞玉雕琢得变形了。即使是再有水平的训练导师，也只是把自己的一套硬加在孩子身上，而孩子的"艺术天性"与这位训练导师并不一样。训练导师也有可能发现并打磨孩子的"艺术天性"，但事实证明，埋藏在最深处的那种有可能使孩子成为艺术天才的"种子"，极容易被打磨掉。

这个问题再继续说下去，那些"未琢璞玉"终于被我们录取而进了课堂，结果会怎么样呢？不管我们如何守护艺术天性，教育的套路却总是粗粝的，连我这个院长也很难改变。规程刻板，教材枯燥，框范重重。终于能够高分通过的"好学生"，毕业后在实际的艺术创造中大多平淡无奇。相反，那些经常让教师频频摇头的顽皮学生之中，却总是埋藏着不错的人才。

当然，也有一些最优秀的教师把教学当作修行过程。他们虽然也会让学生接受一些技能科目，却把最主要的精力放在对学生天性的发掘上。按天性而论，绝大多数人在出生之后都有惊人的表演天性。这一点，可以从婴儿生动活泼的表情、动作中看到，也可以从边远地区乡民如火如荼的傩仪表演中发现。可惜的是，天生的表演功力，后来被层层叠叠的常规生活范式肢解和吞食。孩子们渐渐变得拘谨，一有表演的可能便左顾右盼，手足无措。因此，最优秀的教师要做的，是启发他们减去负担，减去紧张，减成一个洁净的"赤子"，那就可以好好地表演了。所以，二十世纪最杰出的戏剧学家斯坦尼斯拉夫斯基把表演的要旨概括为：**排除行为障碍，启动有机天性。**

他的这个概括，居然那么靠近禅宗的思路。

由此，读者也会原谅我在论述禅宗前要花那么大的篇幅来谈戏剧艺术了。原来，我是想用自己亲身体验过的实例来证明，排除行为障碍，启动有机天性，是世间百业的共通秘哲。艺术是如此，其他方面也是如此。

六

说到慧能，几乎所有的人都会想起他的那两个著名故事。但是，历来大家只是讲故事，却很少进行分析。因此，我今天要多费一点口舌，做一点新的解释。

先说第一个故事。那是在湖北黄梅的东禅寺，弘忍法师为了传衣钵而考察弟子，要他们作偈词。最被看好的弟子神秀写在廊壁上的偈词是：

身是菩提树，

　　心如明镜台。

　　时时勤拂拭，

　　勿使惹尘埃。

不识字的慧能听人读了一遍，便口述一偈请人写在壁上，偈词是：

　　菩提本无树，

　　明镜亦非台。

　　本来无一物，

　　何处染尘埃？

当然，慧能比神秀高明多了，弘忍也由此决定了将衣钵传给谁。但是，这并不是一场诗歌比赛，而是在表述对本性和自性的领悟。因此，我要分析一下慧能在这方面为什么高于神秀。

首先，神秀用比喻的方式把人的身心定型化、物象化了。菩提树，明镜台，都是物象，而一切物象都是对本性的掩盖和阻挡。在我们当代，也经常看到把人比喻成青松、玫瑰、雄鹰、利剑、后盾之类，也都是把局部功能夸大，定型成了物象，已经与人的本性无关。若要探知本性，必须撤除这种固化的物象。所以，慧能一上来就说："菩提本无树，明镜亦非台。"

禅宗并不排斥比喻，但所用的比喻不能伤及禅意。神秀伤及了，慧能拆解了。

其次，神秀把人心的修炼，看成一个不断除垢去污的过程。慧能对此更不同意，他认为人心的本性洁净明澈，又空无一物，怎么惹得尘埃？在慧能看来，每天在洁净的心灵上拂拭来、拂拭去，反而会弄脏了心灵。拂拭者判别尘埃的标准是什么？这个标准来自哪里？拂拭的掸帚、抹布，是否真正干净？

这可以让我们联想到现今社会的很多颠倒现象。不少家长用恶语暴力来"教育"牙牙学语的小孩，却不知真正至高无上的，是小孩圣洁的心灵。更多的官员喜欢用大话、套话训斥属下和民众，其实，应该被训斥的，正是训斥者。按照慧能的意思，真正的尘埃，恰恰是拂拭者带来的。童真和民心，本来就很干净。

归结以上两点，神秀认为人心应该被定型，应该被拂拭，慧能则相反，认为人心不应该被定型，不应该被拂拭。

再说第二个故事。慧能在获得衣钵后隐遁十几年，来到广州法性寺。在一个讲经现场，见到风吹幡动，便有一僧说是风动，另一僧说是幡动，构成对立。慧能听了一会儿，便走到前面说："不是风动，也不是幡动，是我们的心在动。"

他的说法，使全场大惊。为何大惊？因为他推示出了一种更高的哲理。

风动，可以感到，也可以听到；幡动，可以看到，也可以听到。但是，这只是感觉到的现象和相状，佛教从来就不重视、不肯定。风随时可停，停了的风就不是风。风停了，幡也飘不起来了，飘不起来的幡就不叫幡。因此，风动、幡动，只是一种暂相、别相、变相、幻相。大千世界，此动彼动，起伏生灭，如过眼云烟。值得注意的是，为什么有这么多人在讲经的时候都看到了？为什么在看到之后还争论起来了？……答案是，大家心动了。

不错，风在动，幡在动，引起了心动。但是真正值得注意的，是心动。因为只有心动，才会与人相关。如果没有心动，外界所有的动静都无足轻重。

慧能的这两个故事虽然浅显，却是我们步入禅宗的重要台阶。

七

由慧能大师开新局，禅宗表现出对于人的天性、本性的高度信赖，并成为立论的唯一倚重。

人的天性、本性，大致是指人人皆有、关及人人的清净心性，可以用经典佛教用语称作"真如"。

慧能说："万法尽在自心，何不从白心中，顿见真如本性？"

在慧能看来，这种真如之心，就是佛心。

佛心的最大特点是空寂而洁净，甚至到了几乎"无心"。于是，慧能又说了，对心也不要执着，应该"直下无心"。

对于"无心"，慧能又以其他三个"无"来生发，那就是"无念"、"无相"、"无往"。大意是：心念不陷落于任何想法、任何相状、任何去处。

用现在的话来说，慧能是在拒绝一切意识干扰，拒绝一切固化可能，追求一种被称之为真如天性的"纯粹意识"。

慧能一再表明，这种真如天性人人都有，因此人人都可能成佛。但是，为什么多数人还是不能成佛？只因为被一重重烦恼、愚痴、迷妄掩盖了天性，压抑了本性。换言之，佛心蒙雾。因此，禅宗引导人们从迷惘中觉悟，让天性、本性刹那间苏醒，让佛心重见天日。

这种刹那间苏醒的方式，被称为**"顿悟"**。

顿悟，本来不应该成为一个奇罕的概念，因为人生中很多重大转折和飞跃，都起自思想的陡然贯通。如瞬间云开，如蓦然瀑泻，如猛然冰裂。但是，世上按部就班的教育传统，使我们习惯于一个台阶、一个台阶地亦步亦趋，反而对顿悟产生疑虑。世俗民众也许更容易接受神秀"时时勤拂拭"的"渐修"方式，却不知道这样是找不到天性、本性的。

已经告诉你了，你要的东西就在你身上，却为什么要绕那么大的圈子到别处寻觅？阻挡本性的那些披披挂挂，也在你身上，你一把拉下丢弃就是了，为什么还要说那么多话、磕那么多头、费那么多手脚？

一把拉下丢弃，霎时发现自己赤裸的本性竟然那么洁净，能够无牵无挂、无欲无私地融入了宇宙天地，那就是顿悟时的心境。

这种顿悟，也就是发现自己一无所有，一无所得，一无所求，因此不再有任何困厄，一步走向心灵的彻底自由，彻底解放。

这种顿悟，是看似没有任何成果的最大成果。

八

顿悟能够让人进入一个"一无所有，一无所得，一无所求"的世界，说的是精神层面，而不是否定世俗生活。

世界还是原样，依然是日出日落、衣食住行，但经由顿悟，你的高度变了。世俗生态成了你可以幽默笑看的对象。

在禅宗看来，当世俗生活不再成为你的束缚而成了你的观照对象时，世俗生活可能比重重礼仪更接近佛心。

这是因为，最寻常的世俗生活看似"无心"，却袒示着天性，而这种天性又直通广泛的生命。例如，顿悟后的你，看到一丛花草竹木，就会体味真如天性的包容、生机和美丽；喝到一杯活泉清茗，就会感受宇宙天地的和谐、洁净和甘洌；即使面对一堆垃圾，也会领悟平常人间的代谢、清理和责任。这种领悟，像风过静水、波泛心海，其修行之功，有可能胜过钟磬蒲团间的沉思冥想。

即使没有什么特别领悟，只是在世俗生活中无思无虑地过日子，也算是把自我本体融入了宇宙天地。这也不失为一种禅意生态。

禅宗把人世间一套套既成的逻辑概念看成是阻挡真如天性的障碍，因此，禅师总是阻止人们过多地深究密虑、装腔作势，而是提醒人们去过最凡俗的生活。例如，"吃茶去"，"饿时吃饭，困时睡觉"，等等。对禅、对佛，越是深究密虑，也就离得越远。

一切平凡生息，才是天地宇宙最普通的安排。

当然，能够领会这种普通，还是顿悟的结果。

宋代著名禅师青原惟信说过一段有趣的话，常被历代哲学家和艺术家引用。其实，他是在说禅学观照世界的"三段论"。禅，让日常生态提升，又在提升后回归，回归得似乎与原来无异，却又保留着提升的高度。他说：

老僧三十年前未参禅时，见山是山，见水是水。及至后来，亲见知识，有个入处，见山不是山，见水不是水。

而今得个休歇处，依前见山只是山，见水只是水。

《五灯会元》第十七卷

青原惟信说得有点神秘，我可以用最日常的经验加以说明。我们少年时在路边看到一些老人，老人就是老人。后来长大后，觉得每一个老人都是历史，都是传统，有时很尊重这种历史和传统，有时又觉得非常厌恶。等到真正觉悟，才知道这些老人并不代表什么，而历史和传统也无所谓善恶，老人，只是生命的自然过程。于是再看路边，老人又成了最普通的老人。与少年时所见不同的是，我们由此看到了生命，因此，老人变得更本真了。

由老人，又可联想到我们自己的父亲。小时候，父亲就是父亲。后来慢慢知道，父亲是一个官员，或者是一个专家，或者是一个富豪。于是，父亲这个概念也就渐渐被一大堆级别、职称、身价、关系所取代。直到最后，父亲终于退休了，摆脱了中间插进去的这一切，又成了夕阳下、饭桌前的一个地道的父亲，一个比童年时所感受的父亲更真实的父亲。

是啊，一切都回到原样。而且，有可能比三十年未参禅时见到的，更原样。因为领悟了真如天性，生命和山水会在天地间显得更加自在。

我们，也有可能这样。

九

还需要说一说禅宗的**"机锋"**。

机锋，是指在禅师或学人之间互相勘辨之时，出乎意料、超乎常理的迅捷回答。在南方禅宗中，这几乎成了主要的教学方式和修行方式。

这种迅捷回答，常常切断一般逻辑，逆拗话语走向，让人惊诧不已。

很多人常常把这种"机锋"当作禅学的基础教材，结果使学人颇觉刺激，却又深感神秘。在国外更是如此，禅学，极有可能因机锋的难解，被看作是一种"东方神秘主义"。

随手举几个例子吧，也不一一标明出处了。

学人问："佛法的大意是什么？"

禅师答："蒲花柳絮，竹针麻线。"

学人问："什么是佛法大意？"

禅师答："虚空驾铁船，岳顶浪滔天。"

学人问："万法归一，一归何处？"

禅师答："老僧在青州作得一领布衫，重七斤。"

学人问："祖祖相传，传下来的是什么？"

禅师答："一二三四五。"

学人问："什么是古佛之心？"

禅师答："三个婆子排班拜。"

学人问："祖师为什么从西方过来？"

禅师答："昨夜栏中失却牛。"

学人问："什么是实际之理？"

禅师答："石上无根树，山含不动云。"

要领悟这些"机锋"，难度确实很大。

也有一些比较通顺，虽然机智，却还容易理解，例如——

学人问："什么是自己？"

禅师答："你在问什么？"

学人问："怎么才能走出三界？"

禅师答："你现在在哪里？"

学人问："什么是道？"

禅师答："车碾马踏。"

学人问："佛祖还没有出世的时候，情形如何？"

禅师答："云遮海门树。"

学人问："佛祖出世之后又如何？"

禅师答："擘破铁围山。"

学人问："和尚的家风应该如何？"

禅师答："云在青天水在瓶。"

学人问："如何来说明祖师之禅？"
禅师答："泥牛步步出人前。"

学人问："怎样才能灭去六根？"
禅师答："轮剑掷空，无伤于物。"

对于机锋，人们最感兴趣的是难于理解的部分。因为容易理解的部分只是用了反问句式和比兴手法，虽然巧妙，却并不惊人。难于理解的部分就厉害了，那是对一般逻辑的故意击碎，引领人们挣脱习惯的思维套路。

禅宗认为，妨碍人们获取自身天性的，就是重重叠叠的"常规"。依着常规，说得平滑，想得浮浅，答得类似，看似没有错误，却阻挡了天性的呈现。因此，禅师们要做一点"坏事"了，在问、答之间挖出一条条壕沟，让平滑和浮浅的常规无法通过，让学人在大吃一惊中产生间离，并在间离中面对多义、歧义、反义、旁义而紧张地做出选择。而且，选得对不对还无法肯定，甚至永远无法肯定。

大家都认为，这是一种高超的思维谋略和话语谋略。但是，我作为一个曾经深潜西方现代艺术的研究者却另有判断：主要不是谋略。

那些禅师在做出怪诞回答的时候，以迅捷为胜。一问刚到，一答便出，不容片刻思索。他们再灵敏，也不存在动用谋略的时间。因此，我相信，那些答语，以及答语里的图像和词句，是确确实实迸现于禅师们头脑中的。这种情景，很像西方现代派文艺中的"间离效果"、"意识流"和"荒诞派"。而那些图像，则让人联想到印象派和毕加索。我这样做对比，已经在进行一种跨时空的比较研究，以后有机会再细加论述，今天只能匆匆带过了。

把禅师们的怪诞答案与西方现代派艺术一联结，人们就会明白其间蕴藏着突破常规后的大哲和大美。不错，打破的是小哲，获得的是大哲；打破的是小美，获得的是大美。

当然，我认为除了大哲、大美之外，那些古怪回答中也一定挤入不少末流禅师们的故弄玄虚。对此，我在阅读禅门典籍时常有所感。

禅宗为了获得真如天性而打破种种世俗常规的时候，居然也对人们崇拜佛祖、佛法、佛经、佛仪的热潮表现出某种不屑，对佛像、佛规、坐禅更是不太尊重。禅宗认为，如果拜佛也成了一种集体行为，那就应该被质疑了。如果佛祖成了缥缈在云端的神圣，那众生还能平等吗？既然人人都有佛性，那么任何一尊佛都不应该超然于凡俗之外。此外，禅宗因尊重天性而轻视文字，轻视各种概念名相，因此也就不怎么崇尚一部又一部厚厚的佛经了。

禅宗是佛教，但它不徇私、不护短，先从佛教开刀，甚至故意"呵佛骂祖"，这实在是一种惊人的坦荡。禅宗承认，若横一佛一祖，尚存凡圣差别；若尊经籍文字，尚存外在名相。它要割舍崇高，致歉先祖，让佛心与众生平等，与世界相融，达到圆满俱足。禅宗不允许一教独裁，一宗独裁，一祖独裁，一师独裁。一旦探头探脑，立即指责、嘲笑。

我平生对精神领域里居高临下、颐指气使的腔调最为厌烦，就是因为自己早早地受了禅宗的影响。

十

接着要讲讲禅宗里边的几个宗派。

第一是**沩仰宗**。

因为湖南宁乡的沩山和江西宜春的仰山住着两位禅师，就有了这个名字。沩山的禅师叫灵祐，仰山的禅师叫慧寂，慧寂是灵祐的弟子。如果再往上排，那么，灵祐又是怀海的弟子。当初，怀海曾以深拨炉灰能得火的例子，启示灵祐，人人皆有佛性。

沩仰宗最有名的，是列出了人世间的三种尘垢："想生"、"相生"、"流注生"。用现在的语言来说，"想生"是指胡乱幻想，"相生"是指物欲成相，"流注生"是指前两种生态的变幻流注。这三种生态，"俱是尘垢"，必须抛弃，才能洁净解脱，获得真如天性。

简单说来，所谓"红尘"的尘垢，一是想出来的，二是看出来的，三是又想又看变出来的。有了这三种分类，也就有了三种检查，三种洗涤，三种防范。这个宗派的修行门径，就是洗尘得真。

在禅宗中，沩仰宗衰落得最早，宋代以后就湮没了。

第二是**临济宗**。

前面所说的沩仰宗只传了一百多年，现在要说的临济宗却在传播上又广又久，打开了一个很大的局面。经由唐末五代的迅捷传扬，到宋代以后就有了一种说法：佛寺多是禅林，禅林多是临济。这可能有点夸张吧，但我认识的当代佛教高人，确实多半自认皈属临济宗。

临济宗于公元九世纪由义玄禅师在河北正定临济禅院创立。此宗历来以机锋峻烈、单刀直入、不避打喝而著名，形成了"虎聚龙奔，星驰电激"的门风，让人钦佩。

首先，义玄倡导"一念心"，其中包括"清净"、"无分别"、"无差别"三个特征。"清净"的意思是独自超脱，不驰外求，不拘外物。"无分别"和"无差别"看似近义，其实，"分别"是指前后左右之别，"差别"是指上下等级之别。他主张把这两者都取消，达到天下无别。概括起来，他的"一念心"，是指一种纯净的自心，不受外界控制，不使人间有别。

这两方面，看起来很平衡，但他更强调的是不受外界控制的一面。不受外界控制的前提，是"不受人惑"。

顺着"不受人惑"，义玄又主张"随处做主，立处即真"。也就是说，只要抓住了自性，那就随时随地都能顿悟了。他认为，顿悟了的人，与佛没有区别。

义玄对学道之人提出了很高的要求，希望他们能有自立自信的真正见解，在身上潜伏一个超越界位而真正悟道的"无位真人"。这"无位真人"的说法颇有趣味，有时又被学人称为"临济真人"。

对于接引各路学人的方式，临济宗又创建了所谓"四料简"、"四宾主"、"四照用"等套路。简单说来，就是根据初来学人的执着重点，来相应排除。有的是内心的执着多，有的是对外的执着多，有的是两头都多，应该即时做出判断，对症下药。他的"药"，常常是智慧而简捷的断喝，一声两声便让人大汗淋漓。

临济宗的格局，既完整又别致，既明确又痛快。为此，我还特地到河北正定去拜访，见到了禅院的几位蔼然长者。我还应他们的要求，写了好几幅书法。

第三是**曹洞宗**。

这名称，据说也来自江西的两座山，曹山和洞山。还有人说，与广东的曹溪有关。创立者，是唐代的洞山良价，以及他的弟子曹山本寂。

曹洞宗着力最多的，是讨论"事"与"理"的关系。他们所说的"事"，是指个别的物态相状；他们所说的"理"，是指共同的真如天性。

曹洞宗认为，作为佛教，当然归于共同之"理"，但也不要鄙视个别之"事"。"理"，只有触碰到"事"才能显示出来。这就是所谓"即事而真"、"即相即真"。这一点，显然与有些佛教门派"只要真如不要相状"的偏向有很大差别。曹洞宗在姿态上周到中和，不仅会通了禅门南北两宗的思维资源，而且还汲取了儒家和道家的一些思想，显现了"随机利物，就语接人"的平衡之风。

曹洞宗喜欢讲"宝镜三昧"，把"理"比作宝镜里的映象，把"事"比成是宝镜外的实相，说明映象来自实相。但是，这个比喻造成了他们在主次、真幻上的失度，因为不小心把天性说成是镜中幻影了。而按佛家原旨，相状才是幻影。

这就产生了一段有关"真幻"的机锋。

> 僧问："于相何真？"
>
> 师答："即相即真。"
>
> 僧问："幻本何真？"
>
> 师答："幻本元真。"

僧问："当幻何显？"

师答："即幻即显。"

这位禅师在说"即相即真"的时候，已经走到思维悬崖的边沿，幸亏他说了"幻本元真"，扶住了天性的本位。这么一来，相状是"真"，幻影却是"元真"，而这种"元真"也要"显"之为相。

这在理论上就有点绕了，但禅师们又为这种"绕"提供了一种理论，叫作"回互"。"回互"，指的是事理之间互相回馈，彼此相融。他们很赞同希迁禅师在《参同契》里表述的意思：陷于事相固然是迷雾，陷于佛理也未必是彻悟。因此，只能让事、理结合，真、幻参同，个性和共性回互。

为此，曹洞宗还用了"五位"的理路，也就是用五位不同身位、地位的人，来比喻"有理无事"、"有事无理"、"悖理就事"、"拾事入理"等偏向，认为不偏于一边的"兼带回互"，才是正道。在这方面，曹洞宗为求平正有点用力过度，既写偈颂，又画图形，还要追求五五齐整。虽然显得周密，却又未免烦琐。这就使它在生命力上，不及临济宗。

由于刚刚抄了一段有关真幻的"曹洞机锋"，又让我联想到了另一段，确实体现了一种"互回"关系，颇有迂回归圆的神秘乐趣。这可能会让现代派艺术家眼睛一亮，就忍不住抄在下面了。

问："该行何道？"

答："行鸟道。"

问："如何是鸟道？"

答："不逢一人。"

问："如何行？"

答："直须足下无私。"

问："莫便是本来面目？"

答："认奴作郎。"

问："然则如何使本来面目？"

答："不行鸟道。"

不管懂不懂，都很棒。像在森林里寻路，每一步都跨得很有哲理，结果却绕到了原点，而且是相反方向的原点。我对曹洞宗最大的向往，居然在这里。

曹洞宗后来传承和变易的谱系非常复杂，那就不去讲它了。

第四是**云门宗**。

得名于广东云门山，创立者是文偃禅师。

刚刚说了，曹洞宗企图在物相之"事"与天性之"理"之间搞平衡，云门宗则不想这么麻烦，干脆利落地倚重于天性之"理"。而且，倚重得当机立断，颇有气势。

为什么这样？文偃禅师做了明快的表述。他认为，真如天性足以涵盖宇宙万物，只要把它揭示出来，别的流派再多也会立即裁断，冰消瓦解。一般民众不容易理解，我们可以随波逐流地跟着他们，等他们觉悟。

据此，他发布了"云门三句"，那就是"涵盖宇宙"、"截断众流"、"随波逐浪"。

这三句，是从真如天性的核心含义生发出来的。然而，如果暂时放下核心含义，只看这三个句子的词语气象，就有一种执掌万象的雄风。一个人，不管信奉哪种宗教，如果同时具有涵盖宇宙的精神源，截断众流的决断力，随波逐浪的传播心，那就一定能发挥惊人的能量，伫立于天地之间。

从"截断众流"这一句，我们已经能够体会云门宗斩钉截铁、不肯妥协的门风。云门宗在这方面的一些词句，让人印象极深，例如"堆山积岳，一尽尘埃"，"不消一字，万机顿息"，等等。

云门的这种排他气势，既来自对真如天性的深刻领会，又来自禅师群体的高超智慧。他们的思绪跃动于宇宙之间、民众之上，跃动得傲然、悄然。在云门山上，他们是一群与云共勉的智能精英。

他们在山上的机锋对话，更能反映他们离世拔俗的怪异高度。

> 问："如何是清净法身？"
>
> 答："花药栏。"
>
> 问："就恁么去时如何？"
>
> 答："金毛狮子。"
>
> 问："又如何透身法句？"
>
> 答："北斗里藏身。"

在更多的情况下，他们只愿意用一字回答，被称为"一字关"。

> 问："如何是云门剑？"
>
> 答："祖。"

问："如何是禅？"

答："是。"

问："如何是云门一路？"

答："亲。"

问："如何是正法眼？"

答："普。"

问："三身中哪身说法？"

答："要。"

这种回答，我并不欣赏，因为一字之义模糊而浮泛，需要凭借猜测加注杂义，中间不存在智慧的力量。我认为他们也是掉进了一种执着，"一字关"可以改称"一字执"了。但是，尽量调动最少的词句来回答，确实表现了一种简捷和爽利，让大家领略了"截断众流"的风格示范。

他们的这种风格，不难想象，也会在"呵佛骂祖"上有突出表现，这就不多讲了。

玄门宗兴于五代，盛于北宋，衰于南宋。

第五是法眼宗。

这个宗名与山无关了，是从创立者文益禅师的谥号而来的。

文益是公元十世纪五代时的禅师，早年活动在浙江，后到福建漳州，拜谒桂琛禅师。嗣法后又到临川、金陵等地弘法，谥号"大法眼禅师"，所以就叫了"法眼宗"。

让我印象最深的，是他初到漳州。

因大雪所阻而栖宿地藏院，与桂琛法师有一番对话，留给我很深的印象。

桂琛：你到什么地方去？

文益：行脚。

桂琛：行脚何以为生？

文益：不知。

桂琛：不知最亲切。

过了一会儿，桂琛又开问了。

桂琛：常说三界唯心，那么庭下这片石头，在心内，还是在心外？

文益：在心内。

桂琛：你这个行脚人怎么搞的，放一片石头在心里？

这一来，文益发窘了。一个月后，桂琛又邀文益讨论佛法，文益对桂琛说："那天我词穷理绝了。"

桂琛说："若论佛法，一切现成。"

从此，法眼宗以"佛法现成一切具足"作为起点。例如，石头究竟是在心内还是在心外的问题，佛法早有多方论及，文益以一个简明的结论了断："理事不二，贵在圆融。"

虽然万事"圆融"了，却不能不问创造的源头何在。文益果断地说："不着他求，尽由心造。"

因此，"唯心"和"圆融"，成了法眼宗的宗旨。当然，他们反复声明，这宗旨来自佛法。

法眼宗比别的宗派更着眼于人间，不希望弟子们离世而悟，而主张"接物利生"。法眼宗认为，对佛理需要顿悟，对世事却需要"渐证"。为了接应各种世事，法眼宗提出了"对病施药，相身裁缝，随其气量，扫除情解"的十六字方针。

文益的弟子德韶禅师，为了劝门生不要疏离人间太远，曾写过一首很好的诗偈：

> 通玄峰顶，
> 不是人间。
> 心外无法，
> 满目青山。

文益读到这首诗偈很高兴，超迈、简约、顺口，颇为难得，便说此偈"可起吾宗"。

文益是懂诗的。那次南唐君主命他咏牡丹，一首五律中有四句就写得不错：

> 髣从今日白，
> 花是去年红。
> ……

何须待零落，

然后始知空？

朴素，却颇得禅意。

这样，我也就把禅宗五家讲完了。

天理良知

一

我在一座山、一座山地拜访佛门时，已经心生不安。那么多智慧的光亮在山间闪耀，山路上问道者络绎不绝，那么，山脚下呢？

山脚下，生活着大量儒家书生，他们毕生都在为国家伦常而传道、授业，现在不得不抬头仰望山林，心情会是如何？

当然会不爽。最典型的是唐代文坛领袖韩愈，他在《论佛骨表》中开头就说，佛教并非中国产品，是从"夷狄"外邦传进来的。在传进来之前，中国的三皇五帝都很长寿，传进来之后，中国帝王的寿命反而短了。他还说，"我这样攻击佛，如果佛是灵验的，那就惩处我吧，我等着"。

更多的儒家学者则根据中国的精神主轴提出质难，认为中国历来倡导"忠孝"。但是，佛教讲"出世"就失去了忠，讲"出家"就失去了孝。还有不少评论者指出，佛教建造了太多的寺庙，靡费过巨，占地过广，又形成了大量非生产人口。

这些批评，看似有理，实则未必。韩愈不知道，佛教并不许诺"寿命"，更不许诺帝王的寿命。而且，佛教希望广大信众，不是成批地"出家"，而是更好地"在家"。"在家"，那就要以佛学理念来审察"忠孝"等儒学思维。

儒家学者中那些善于学习的人渐渐明白，佛教的盛行，正好暴露了儒学的短板。儒学张扬的是社会秩序，佛教探究的是人心本性。社会秩序是统治者的课本，人心本性是一切人的疑问。社会秩序的课本，必定掺杂大量权势的意愿。人心本性的疑问，却会启发天下众生的觉悟。

既然如此，一直占据着统治地位的儒学能不能改变一下自己的身段，从外部获得更多教益呢？但是，要儒学获得教益是一件麻烦事，因为它历史长、背景阔、资源多，很难大幅度转型。如果不是大幅度转型，它获得的教益总是有限。

幸好，儒家学者中毕竟还有杰出的明白人，而且不止一个两个。从唐代开始，尤其是在宋、明两代，儒学发生了重大转型，产生了"新儒学"。如果说，旧儒学的重点在于弘扬伦常秩序，那么，"新儒学"的重点就在于探掘人心本性。毫无疑问，这是受到了佛教，特别是禅宗的重大影响。

"新儒学"可分为"理学"和"心学"。"理学"之"理"，是指"天理"；"心学"之"心"，是指"心性"。

新一代的儒家学者认为，社会秩序中的种种是非，关乎一种比较抽象的本性，他们直称为"性"。而这"性"，又与"天"有关。他们从儒家早期经典《尚书》、《左传》、《孟子》中找到种种有关天人之间神秘关系的文句，进而系统地探究人世的起点和归结。对于这样的探究，旧儒学兴趣不大，着力不多，而新儒学则突飞猛进。

但是，即便如此，"新儒学"与禅宗仍然有极大的差别。不管是"理学"还是"心学"，都显得严肃、沉重、吃力，而禅宗却是那么轻盈、波俏、干脆。更大的差别在于："理学"和"心学"总想识别天下的是非善恶，着力于分割；而禅宗则无意分割，无心识别。

对此，我们应该更多地体谅这些处于艰苦转型中的儒家学者。他们始终秉持着一系列社会责任和人间理想，这是他们的安身立命之本。因此，无论他们想得多么高深玄虚，也不可能脱空而去。他们反而会回过头来质询禅师们："你们的那些机锋和顿悟，妙则妙矣，但普天下到底有多少人能够真正领会？如果永远只能局限于山巅上、白云间的极少数智者，那么，佛理所主张的引渡众生又怎么能完成？"

儒家学者们的这种质询，自认为是义正词严。

这是一大群中国仕子的精神自守。我们只能直面，却难于指责。其实，我们自己也是其中一员。请想一想，不是吗？

不错，是这样。但对我个人来说，却又有点特殊。出于对魏晋名士的长久缅怀，对艺术美学的彻心投入，我对于接受儒学之外的思想，比别的中国学人少了一点障碍。特别是禅宗，简直与我迷醉毕生的艺术天性难分彼此。我经由艺术，可以顺畅地通达它，而经由它，又可以快速地进入艺术的最深层面。由此明白，我的天性，更接近于禅。

在这种情况下，由我来向理学和心学表达尊敬，应该比较客观。

二

看到了佛教的一系列严密体系，这些儒家学者决定要从新的思维高度，为儒学提供一种宏观的精神依据。

这就是前面所说的"天理"和"心性"，后来又进一步探挖到"良知"。

此前，正宗的儒学讲了那么多应该遵行的美德，那么多必须奉守的规矩，根本理由是什么？对此，儒家学者历来不太在意，常常把根本理由粗粗地归之于遵循先王遗范，念及国计民生。此外，就只说应该如何如何，不说为什么要这样了。这种学术状态，以前尚可，但在佛教的对比下就显出了单薄。

"天理"和"良知"这两个概念找得很好，人们即使一时不了解其中的深义，却也能从词语感觉上知道它们指的是什么。只要是中国人，遇到看不下去的人间祸孽，就会大声喝问："天理何在？""良知何在？"

这种世俗喝问，其实也就是把事情顶到了最终底线。在最终底线的划定上，恰恰与这两个概念的哲学意义相当。

"天理"和"良知"，理学和心学都说，但一般认为，理学重在"天理"，而心学则重在"良知"。

理学在哲学史上被称为"程朱理学"，其中"程"是指程颢、程颐两兄弟，朱，则是指集大成者朱熹。朱熹认为，"宇宙之间，一理而已"。正是理，决定了天下万物的由来和规范。他把由来说成是"所以然"，把规范说成是"所当然"。

程朱理学，是中国思想家以理性主义探究天地万物的终极原理，表现出宏观的抽象思维能力。这与六百年后德国古典主义哲学家康德提出的"理性法则"，以及黑格尔提出的"绝对理念"，具有近似的哲学企图。尽管康德、黑格尔对中国哲学相当陌生，更不知道六百年前有一批东方智者已经达到的精神高度。

　　朱熹认为，理是宇宙的本体，是唯一的太极，天地万物由此分殊。正是在这个当口上，他触及了所有的思想家都很难回避，又都很难深论的善恶问题。孟子说"性本善"，荀子说"性本恶"，但都没有深入论证。朱熹认为，孟子的问题在于"不备"，荀子的问题在于"不明"。"不备"，是指不完备；"不明"，是指不明确。他不执着于一端，而要从根源上厘清脉络。

　　朱熹认为，"理"是至善的，但是，当"理"行世时要化作"气"，这气就有清、浊、阴、阳之分了。清而生善，浊而生恶，于是人类也就有了善恶。

　　朱熹说，由于天理是至善的，因此人的先天本性也是至善的。朱熹把人的这种先天本性说成是"天命"。与此相对，他又把后天养成的特性说成是"气质"。"天命"和"气质"常常矛盾和错位，所以一个人应该省思自己的"天命"，并以此来改善自己的"气质"。其中一个关键，就是放弃"人欲"，服从天理。而且，要知而后行。

　　朱熹认为，只有领悟了"天理"，才能领受自己的"天命"。而要真正领悟"天理"，必须通过"格物"才能做到。所谓"格物"，就是集中心性对各个具体事物的存在状态进行省察。这也就是说，经由个别通达普遍，经由事物通达天理。但是，这个过程非常艰难，因为"人心惟危，道心惟微"，所以必须进入"主敬涵养"的修行过程。那就是敬畏、收敛、谨慎、警醒、专一、严肃。其中，又以"敬"为核心。

"敬"，一个很普通的汉字，成了人们皈依"天理"、"天命"的主要途径。在朱熹看来，有了"敬"，天下人心就能渗入"天理"、"天命"而和谐和安定。

由个人推及社会，朱熹主张用天理来安置各种人际关系。他认为很多血缘关系本是"天理"、"天命"的呈现，如父子关系、兄弟关系、族亲关系。由此延伸下去，他又提及了君臣关系。把君臣关系提高到天理，这正是朱熹最被后世诟病的症结所在。

朱熹本想用"天理"来表述一种稳定有序、相反相成、百脉呼应的社会理想，但把君权专制合理化了，也就把强取豪夺的制度结构看成是一种天然现象。难怪，在朱熹去世之后，他的学说渐渐受到统治集团的重视，甚至变成了"国家哲学"。他对《论语》、《孟子》、《大学》、《中庸》这"四书"的大量诠释，成了全国科举考试的标准。

撇开这一部分，朱熹试图用天理的概念来探求宇宙和人世的终极道理，还是让我深为敬仰。他对于现实社会结构进行合理化解释的"理论陷落"，是历来儒家学者的通病，也从一个侧面证明了佛教的超逸性思维的重要性。

社会需要参与，却不能让自己的精神高度也降格以求。因此，那些山巅云端间的精思慧语，实在必不可少。

三

再来看看心学的"良知"。

这就要打扰我家乡的明代哲学家王阳明（1472—1529）了，他并不是心学的创立者，却是心学最关键的代表人物。

王阳明比朱熹晚了三百多年，当然仔细研究过天理学说。终于有一天，他猛然醒悟，天理全在心间。他的表述非常明快："心外无物，心外无事，心外无理，心外无义，心外无善。"

其实，朱熹也说过，"心即理"的意思，那是指"以吾心求物理"，使理入心。这比较好懂，让人惊讶的倒是王阳明，在他看来，心就是一切，心外的世界没有什么意义。只有心，才能让世界一点点明朗起来。因此，这世界只属于心。

这种观点，让我们想起比朱熹小九岁，曾与朱熹在江西鹅湖寺展开过著名辩论的陆九渊（即陆象山）。其实，陆九渊已经建立了"心学"的一系列理论基础，一时也产生了很大影响，但后来由于朱熹理学的赫赫威势，对比之下渐趋低微。直到王阳明，才以更宏大、更完整的理论姿态，把"心学"推向一个崭新的阶段。

很多年前，我曾在一篇写故乡的文章中引用过他的几句话，在这里不妨再引一次，因为这几句话牵涉到心学的根本。一次，他与朋友一起游南镇，半路谈起"心外无物"的学问。朋友认为，岩中花树与自心无关，于是有了这段问答——

　　问："天下无心外之物，如此花树在深山中自开自落，与我心亦何相关？"

　　答："你未看此花时，此花与汝心同归于寂。你来看此花时，则此花颜色一时明白起来。便知此花不在你的心外。"

唯物主义一定会断言，在人们没有来看时，花已存在。但是，在王阳明看来，心中没有的朋友就不是朋友，心中没有的怨恨就不是怨恨，心中没有的感激就不是感激，心中没有的拖累就不是拖累。

按照一般的想法，被你心中抹去的朋友，虽然友情没了，但那个朋友还活着啊。王阳明说，心中没了，就没了。

王阳明当然知道饭店的菜牌上有很多可点的菜，但对他来说，"不上心"的菜，就不会出现在桌面上，不出现在桌面上的菜，就不算今天的菜。

乍一看，这种说法把自己的世界缩小了。其实正好相反，凭着心学，人们心中可以排除一切"不上心"的物象，却可以装得进山河大地、五湖四海，还可以把春花秋月、童真慈颜融为一体，绚丽旋转。

因此，心学，可以让我们凭着自己的心意关闭一扇扇不想光顾的后窗，却打开了一扇扇宽阔、敞亮的前门。今后，自己的全部空间就是心的空间。天地便能因此而复苏，心性也能因此而拓展。

王阳明在建立心学之后，对朱熹提出了批评。他认为朱熹的精神气魄很大，但主要忙着考察、格物，而没有花很多工夫在自己身上，"切己自修"。如果能"切己自修"，就会在自己的心灵中有更深的投入，发现格物不如修己。

王阳明说，天地万物不是出现在人的眼前，而是与人本是一体。天地万物"法窍之最精处"，"是人心一点灵明"。他请大家想一想，如果一个人去世了，那他的天地万物又在何处？

王阳明对朱熹的批评，让我联想到欧洲学者荣格的一个论断。

荣格认为很多哲学家都在研究各种概念，终于有一天，哲学家研究起自己来了。他认为，这个转折是从尼采开始的。王阳明相信朱熹的广度和深度，因此很想建议朱熹把自己作为研究对象，然后由自己的心，通达天地万物。当然，这是一个迟了三百年的建议。

研究心学，必然要触及一个核心课题：心的本体是什么？王阳明回答，心的本体是"良知"。

"良知"，这个概念孟子也提过，是指一种不必经过考虑和学习的道德本能。王阳明顺着孟子的意思延伸，却不把"良知"看作一时一地的偶尔爆发，而是看作整个心的本体。这说明，这位哲学家对世间人性，具有充分的信心和高度的期许。

在王阳明看来，每一个人的心底深处，必然潜藏着人之为人的伦理元素，这是无染的人性、纯粹的天理。一个人不必向外东张西望，只要把自己当老师，细细探挖心底的宝藏，就会让自己面貌一新，甚至成为圣人。

王阳明说："圣人气象何由认得？自己良知原与圣人一般。若体认得自己良知明白，即圣人气象不在圣人而在我矣！"

既然每个人都有成圣的基因，为什么多数人不能成圣呢？因为良知的本体被污染了。用王阳明的话来说，"不能不昏蔽于物欲，故须学以去其蔽"。

因物欲，良知昏蔽了，连原本用不着考虑便能霎时爆发的人道行为、伦理责任也昏蔽了，连凭着瞬间直觉就能做出的是非判断也昏蔽了。这样的人，乍一看，就好像是一群没有良知的人。

按照王阳明的意思，从此不要说谁"没有良知"，只说"良知昏蔽"。因此，新的责任就来了："去其蔽。"

由于物欲，良知遇到了善恶的问题。因此，"去其蔽"，主要是去其恶，然后才能谈得上去对付其他毛病。

对于这个问题，王阳明看得很严重。他一方面确认每个人心底都有良知的宝藏，另一方面又确认这些宝藏时时刻刻都处于盗贼的觊觎之下，稍有不慎就会被盗窃一空。而这种盗贼正是由物欲所滋养，躲在人心之中。因此，心的本体是良知，而良知边上是盗贼。要想驱除盗贼，非常艰难，因为人们很难识别他们各种各样的面目。所以，王阳明说了一句很著名的话："破山中贼易，破心中贼难。"

这句话出自一个长期在山中剿匪、平叛的将军之口，更有说服力和感染力。历史证明，他破"山中贼"很成功，但作为一个心学大师，他更在乎破"心中贼"。破"心中贼"，就是以善去恶。

对于由良知带出来的善恶问题，王阳明考察得比朱熹完整。他在暮年曾经留下过著名的"四句教"：

无善无恶心之体，

有善有恶意之动；

知善知恶是良知，

为善去恶是格物。

在王阳明的思想体系中，这"四句教"非常重要，被王阳明自称为"宗旨"。他坚持了心体本源的纯净无染，指出善恶之分产生于物欲和意念。在这中间，良知可以本能地判别善恶，因此接下来的就是行动了，那就是"格物"。

在王阳明这里，"格物"的概念与理学家们所说的有很大不同，变成了一个非常主动的行为。那就是不光是观察，而且要"摆正"各种事物了。"格物"在这里的意思是"正物"。"正物"，首先是摆正善恶，不要在心里造成善恶颠倒，或善恶不知。因此，又可以看成"正心"。

良知需要被保卫。保卫有静、动两途。静途保卫，是自我反省，静坐调息，让良知本体有一个安静、安全的存养地。动途保卫，是实事磨炼，即在行动中显现良知，体认良知。

这种行动，就牵涉到王阳明的另一重要思想"知行合一"了。

"知行合一"这一说法，人们常作通俗理解。例如，规劝人们不要成为满口空话、不谙实务的"知识空手道"，也不要成为只知蛮干、昧于认知的"低级机器人"。这样的理解当然也不错，但王阳明还是别有深意。

他在实际生活中也会勉强首肯"先知后行"、"知行并进"的做法，但在哲学中却不予认同。他认为，这类做法还是把知、行分开了。即使说"并进"，也看成是"两股道上跑的车"。他认为，知、行不可分开，知就是行，行就是知。知而不行为未知，行而不知为无行。

对于这个问题，他用了著名的"好好色"、"恶恶臭"的比喻。按这个比喻，一个人看到了美丽的花朵就本能地靠近，闻到了腥臭的气味就立即掩鼻，中间不存在一个判断、分辨、推理的过程。"看到"、"闻到"就是"知"，"本能靠近"、"立即掩鼻"就是"行"。在这里，知、行完全弥合，没有一丝缝隙。

由此，王阳明进一步断言，没有"行"，也就没有"良知"。以"行"来完成"良知"，就叫"致良知"。"致"是一个动词，有"抵达"之意。以"行"抵达，"良知"就出场了；无"行"抵达，"良知"就不存在。

　　至此，我们就可以明白，"知"和"行"，并不是"你先走，我跟上"的一对夫妻，也不是"肩并肩，手拉手"的情侣，而本身就是同一个人。

　　王阳明本人，是哲学家和实干家合于一体的最佳范例。因此，由他来讲"知行合一"，极为雄辩。长久以来，中国很多儒生都囿于知而乏于行，或矜于知而虚于行。更多的官员更是长于表态，张罗场面，而不知道做成一件事情的起点和关键在哪里。他们虽然有很多道德言论，却如同空气泡沫，一无可信。这一特点，连不少大儒高官也不能例外。现在，王阳明并不只是劝说他们投入实践，而是向他们宣布，如果不投入，他们的"知"也不存在。

　　"知行合一"的理论，也反映了王阳明对于佛教、禅宗的不满。修身养性固然很好，但世间既然有大善大恶，那就必须行动起来，让心底的良知立即变为一系列行动。

　　总的说来，我对王阳明的评价极高。他赞扬朱熹"精神气魄很大"，其实他自己的精神气魄更大一些。他把宇宙天地置于心间，于是心灵也就成了观察万物、陶冶天下的神圣处所。他认定人们心间潜藏着人之为人的良知，只要激发出来就能成为圣人，因此成圣之途也在心间。但是，成圣之途虽在心间，却又极为坎坷，因为同样在心间还有盗贼成群。唯一的方法是秉持良知立即行动，为善去恶，使心间的宇宙洁净、明澈，天理昭昭。

——这样一个中国哲学家，怎能不让人肃然起敬？

王阳明的理论也存在一些缺憾。我认为最大的一点是他虽然明确地触碰到了善恶问题，却还是没有把这个问题完全厘清。例如，他一再说"性之本体无善无恶"，却又多次表明"性至善"、"心体至善"。他几乎把那"四句教"当作了重要遗嘱，可见他到晚年仍然对善恶的问题苦思不辍。"四句教"用中国语文的简约和整齐的方式做了总结，但对于这四句话之间的几度转折，还缺少足够的过渡理由。另外，他是一个极其繁忙的将军、官员和学者，没有太多心意去关注普世民众心间的善恶消长实情。

这也就是说，王阳明的理论尽管时时透出囊括天下的意愿，实际上还是集中在不大的圈域。"心即理"、"致良知"、"知行合一"这些命题，听起来虽不艰深，却很难让民众领会其中真正的意涵。至于成为"圣人"的目标，更是与中国民众不亲。一般民众更愿意接受"看穿"、"放下"、"离苦"、"解脱"等佛学话语。

结果也很自然。我在王阳明去世四百多年后出生在他的家乡，当地已经没有人知道他的大名了。维持乡间文明余脉的，主要是寺庙里的钟声和泥路上的袈裟。

四

王阳明之后，中国还有一些思想家值得关注，例如明、清之际的黄宗羲、顾炎武、王夫之。他们都是身处山崩地裂危局中的堂堂男子汉，行动响亮，气宇轩昂。在反思明代败亡、历朝更迭的教训中，他们几乎异口同声地怒斥君主独裁，主张广开言路，成为近代民主理念的动人曙光。

在哲学上，他们都非常看重"气"的概念，传扬"一气充周"、"气象万物"的"气本体论"。他们之间对"气"的阐释并不一致，但显然都是目睹了社会气数衰蔽、仕子气质荡然的般般实情，共同产生了痛切感受。他们呼唤以"创世元气"来灌注社会人心，让我们想到孟子、朱熹和张载。而且，还时时想到道家。

在修身养性上，我特别留意了他们把天地元气和人生气质互相沟通的宏大循环。他们本人，确实是充满君子气质、英雄气质、批判气质、创造气质的文化代表。

在山河破碎、兵火连连的乱世中，只要天地元气未散，一切就还有希望。而吐纳天地元气的，就是一个个活生生的人。他们的身心，就是天地元气的凝聚体。他们用"气"，把"理"、"心"等概念统摄起来了。在我看来，这是在一片废墟和焦土中构建了悲壮的人格气场。直到今天，仍然焕发着一种豪迈的诗意。

他们之后两百年，中国还出现了一个在修身养性实践上的奇特典型，那就是以气吞山河的军事实践改变了中国政治的曾国藩（1811—1872）。

曾国藩是一个地道的儒家学者，立足于程朱理学。在后来治军理政的大格局中，他一方面信奉中庸经世、仁义感召，另一方面又不违避严刑峻法、霹雳手段。晚年功成名就，则信奉道家，清静无为。总之，他几乎完整地把中国哲学的每一个门派都熔铸在自己身上，而他傲人的功绩、朝野的赞誉、全民的仰望，则印证了传统文化有可能达到的人格高度。

须知，这一切都发生在中华文明奄奄一息的十九世纪。曾国藩凭一人之力，为名声已经不佳的中华文明，局部地翻了案。

对中国历史最具宏观眼光的梁启超，曾以罕见的激情赞颂曾国藩，也就是他笔下的"曾文正公"：

吾以为使曾文正公今日而犹壮年，则中国必由其手而获救矣！

梁启超说，谁想澄清天下，应该天天阅读《曾文正集》。

在曾国藩的著作中，人们可以了解大量军事、政治、经济方面的出色运作，而且正如梁启超所说，更能领略他"天性之极纯厚也"、"修行之极谨严也"的自我塑造过程。

我所看重的，也是这个过程。

从年轻时代开始，曾国藩对儒学的崇敬，并不仅仅表现在研习、考据、讲述、著作上，而是全然化作了日日夜夜的修行步履。而且，这种步履都是细步，一步也不会疏忽。我们如果有时间读读他的日记和书信，一定会非常惊讶。原来一个人的一举一动，都可以按照礼义原则来规范、来修正、来设定。由此，儒学从教条变成了行为，儒者从学人变成了完人。

曾国藩以实际行动证明，梁启超所说的他的两大优点有因果关系，即纯厚"天性"可以由谨严"修行"取得。这也为程朱理学提供了明晰的标本，即他们所说"纯粹至善"，可以通过"养心寡欲"、

"诚意正心"的修行方式找回来，并弘扬成一个人格范型。

曾国藩从小心翼翼地修身养性，发展到纵横万里地清理大地，终于实现了孔子"修身、齐家、治国、平天下"的人生理想。这种人生理想，孔子本人并没有实现。

从曾国藩，我们又会联想到三百多年前的王阳明。两位纵横千里的军事奇才，两位已经证明具有最高治理能力的政治精英，居然都是中国文化的一流大师，这在世界文化史上都没有先例。

到明、清两代，中国文化的整体生命力已经江河日下，但在他们身上，却体现得铿锵有力。

他们两位也证明，中国文化有关人生修行的种种倡导，是一个跨越时间和空间的互渗过程，而且也可以不在门派上排他。你看，作为"心学"座主的王阳明，对于兵家、法家居然如此精通；那么端正的"醇儒"曾国藩，也在法家、道家间游刃有余。

大道巍峨

一

"大道巍峨"这四个字，是我为道教胜地茅山题写的，镌刻在山壁上已经二十多年了。

不久前，在茅山举办的一次道教盛典上，我面对来自全国各地的道长们说，对于道家和道教，我一直有重大亏欠，那就是没有写过系统的著作和文章。

巍峨，并非仅指一山。在道家的山峰中，最高的一座离得很远，已与天际相融，云雾缥缈。这就是中国第一位大哲学家老子，边上还有一座高峰，是庄子。但是，在这两座高峰的另一边，却是连绵的群峰了，那就是道教系列。因为道教把老子追认为教主，把他的《道德经》奉为主要经典，所以道教群峰也把老子当作主峰，连在一起了。

这么多山峰，风景迥异，因此我们在仰望的时候，也要分两条路线。

第一条路线，非常安静，任何人进去，都要把步子放轻。这条路线上有老子之峰和庄子之峰，沿途疏疏朗朗，偶尔有鲲鹏的翅膀从山头掠过，却也没有声音。低头看到一些溪流、一些蝴蝶，也都没有声音。这里的一切都像混沌初开，天籁方醒，处处渗透出一种神圣的气氛。这条路线，就叫"老庄路线"。

第二条路线，非常热闹，任何人进去，都会兴高采烈。一座座炼丹炉在熊熊燃烧，一个个似人似仙的方士在排算着阴阳五行，这儿有几场谶纬仪式正在同时进行，那儿有几位道家神医正要上山采药……。这条路线上颇多大大小小的山头和驿站，有张道陵的，魏伯阳的，葛洪的，寇谦之的，陆修静的，陶弘景的，丘处机的……。山头上还刻有石碑，标示着各个道教宗派，例如上清派、灵宝派、全真道、净明道、正一道……，琳琅满目。这条路线，就叫"道教路线"。

两条路线，两番风光，两种生态，加在一起，就合称为"道家"。本来老、庄在诸子百家中也叫道家，但我们现在这么叫，就把道教包括在里边了，可称为"广义的道家"。

虽然有了一个共名，但路还要分头走。

二

先走"老庄路线"吧。

老子比庄子大了两百多岁，那就长者为上，先把他请出来。我在本书《终极之惑》中曾提到过他，现在需要专门说一说。任何一个中国人，都应该更多地了解他。

按照司马迁的说法，当年孔子走很远的路去向老子请教。老子不太客气，居高临下地教训了孔子一通。孔子出来后对学生说："我知道鸟会飞，鱼会游，兽会走，却不知道风云中的龙到底是什么。今天见到的老子，就是这样的龙。"

老子确实不易理解。他只留下了五千多字的《道德经》，但后世研究他的著作却浩如烟海。我只能用最简略的语言，说说自己最上心的几个词组。

第一个词组：**行于大道**。

"行于大道"这四个字，出自《道德经》第五十三章。原文是："使我介然有知，行于大道，唯施是畏。"我翻译一下，大意是："我明确认知，必须走大道，就怕走小路。"

其实，走路只是一个比喻，老子所说的"道"，带有本原性、终极性的意义。

甚至可以说，老子哲学的最大贡献，就是《道德经》所迸出来的第一个字——"道"。

他就像古代极少数伟大的哲人，摆脱对社会现象的具体分析，而是抬起头来，寻找天地的母亲、万物的起始、宇宙的核心。他找到了，那就是"道"。

他所说的"道"，先于天地，浑然天成，寂寥独立，周行不怠，创造一切。用现代哲学的概念来说，那就是宇宙本源。

道的出现，石破天惊。以前也有人用这个字，但都无涉宇宙本源。老子一用，世间有关天地宇宙的神话传说、巫觋咒祈、甲骨占卜，都被提升到一个前所未有的高度。原来天地宇宙有一个统一的主体，看不见，听不到，摸不着，却又无处不在，无可逃遁。道，一种至高思维出现了，华夏民族也由此走向精神成熟。

从道出发，中国智者开始了"非拟人化"、"非神祇化"的抽象思考，而这种抽象思考又是终极思考。这一来，也就跨越了很多民族都很难跨越的思维门槛。在其后的中国思想史上，只要出现为天地万物揭秘的大思维，就都与老子有关。因此也就可以说，一个"道"字，开辟了东方精神大道。

老子认为，人生之道就是德。但是，这德不是教化的目标，而是万物的自然属性，也包括人的自然属性。德是一种天然的秩序，人的品德也由此而来。因此，人生之德，不是来自学习，而是来自回归，回归到天真未凿的状态。在这个意义上，德与道同体合一。

第二个词组：**无为而治**。

在老子的哲学中，"无"是一个重要杠杆。他知道，要说明"无"，首先要处理与它的对立面"有"的关系。

在这个问题上，老子早早地发表了一个明确的结论：天下万物生于"有"，而"有"却生于"无"。既然这样，那么，能够派生出天下万物的道，本性也是"无"。

无，因为无边无涯、无框无架，所以其大无边。由此，道也就是大，合于我们所说的大道。

在老子看来，世上一切器用，似乎依靠"有"，其实恰恰相反。一个陶罐是空的，才能装物；一间房子是空的，才能住人。一切因"无"而活动，因"无"而滋生，因"无"而创造，因"无"而万有。

天空因"无"而云淡风轻，大地因"无"而寒暑交替，肩上因

"无"而自由舒畅，脚下因"无"而纵横千里，胸间因"无"而包罗宇宙，心灵因"无"而穿越时间。

既然以"无"为道，那么老子就要论述更为著名的"无为而治"了。

老子认为，天下混乱，是因为人们想法太多，期盼太多，作为太多，奋斗太多，纷争太多。那些看起来很不错的东西，很可能加剧了混乱。世间难道要拥塞那么多智能、法令吗？要宣传那么多仁义、孝慈吗？要开发那么多武器、车船吗？

对此，老子都摇头。他相信，这些"好东西"，都是为了克服混乱而产生的，但事实上，它们不仅克服不了已有的混乱，而且还会诱导出新的混乱。

他主张，一个人过日子，应该自然而然，少私寡欲，无忧无虑。一旦当政，对国家和人民，应该"无为而治"，不要有惊人的计划，不要有过度的设计，不要有频繁的折腾，不要有太多的手脚。民众的自然生息，由天地安排，比什么都好。

一个当政者，是"顺其自然"，还是"大有作为"？老子毫不犹豫地选择了前者。所谓"大有作为"，必然伴随着大量的破坏和伤害。而要改变这种破坏和伤害，又必然要采取另一番新的破坏和伤害。

老子说："我无为而民自化。"

这就是"无为而治"。

对于成天忙着种种"作为"的人来说，"无为而治"似乎过于消极。但对老子来说，他们的"积极"才是祸害。

从以后的历史来看，大汉、大唐为什么如此伟大？因为在立朝之初，几代君主都服膺"黄老"，其实也就是遵循老子的"无为而治"

思想。于是，立即有效地推进了社会生态，自然地恢复了城乡体质。

在老子的思想中，"绝学"、"弃智"的观点常常招来非议。很多研究者从字面来推断，认为他拒绝教化、放弃智能，以便让民众过一种乐呵呵、傻乎乎的日子，达到"低智化的幸福"。如果真是这样，老子也不必留下这么一部《道德经》来启世、教民了。他是周王朝的"守藏室之史"，也就是一个国家级的图书馆馆长、博物馆馆长、档案馆馆长、文史馆馆长。有着这样的身份，当然不可能对教学和知识抱一种全然否定的态度。

他只是告诉我们，与天地所赐的自然生态相比，过于人为的教学和智慧，都不重要。他还发出警告："慧智出，有大伪。"

第三个词组：相反相成。

老子说："反者，道之动。"意思是，要让"道"动起来，就要反着来。

你不想反也不行，当"道"衍伸到远处，一定不是直线，而必然是反线，因此他又说："远曰反。"

老子认为，一切事物都会向着相反的方向发展。即使不看发展，它们的组合结构也必然是"相反相成"。

《道德经》用一连串的词句来揭示这种相反相成的结构，给人留下了极深的印象。

例如，"大成若缺"、"大直若屈"、"大巧若拙"、"大辩若讷"……

也就是说，看着缺了什么，其实是最大的圆满；看着有点弯曲，却是最直的坦途；看着有点笨拙，却是最巧的手段；看着不善言辞，却是最佳的雄辩……

不仅如此，他还在滔滔不绝地说下去：看似低调，却是朗朗大道；看似滞缓，却是最快的步伐；看似坎坷，却是最短的路程；看似世俗，却是最高的道德；看似受辱，却是最好的自白；看似不足，却是最广的顾及；看似惰怠，却是最后的刚健……

这种相反相成的视角，与《易经》高度契合，是中国智慧的重要根基。

正是这种无所不在的相反相成，使老子得出一个重要的结论，那就是"不争"。一切对立面都互相依存，又互相转化，你争，不是多此一举吗？

委屈了，要通过争逐来保全名誉吗？不，老子说，只有委屈了，才能保全名誉。"曲则全，枉则直，洼则盈，敝则新，少则多，多则惑"，自身就是对立面，那与谁去争？结论是："夫唯不争，故天下莫能与之争。"

很多人把"不争"当作一种避锋的策略，等待着可以"争"的时日。老子的意见正相反，不是等强，而是守弱。守住今日的脚下，即使脚下的情况让别人轻视，也要安心守住，不多思虑。谁都知道什么是雄健，我却要守住阴柔；谁都知道什么是光亮，我却要守住幽暗；谁都知道什么是荣耀，我却要守住卑辱。按照老子的说法，叫作"知其雄，守其雌"，"知其白，守其黑"，"知其荣，守其辱"。

但是，要做到这样并不容易，因为外界已经有很多斗争在不断刺激了。由此，老子提出了要求：堵塞一切热闹通路，关闭一切骚扰门道，磨去一切逼人锋芒，化解一切内外纷争，把自己融化于自然之光、万物之常。他把这种境界，叫作"玄同"。这两个字，我的解释是：神奇的融合、高妙的大同。

我很想把老子说这段话的原文再抄一遍："塞其兑，闭其门，挫其锐，解其纷，和其光，同其尘，是谓玄同。"

根据这番论述，"玄同"的境界又可称之为**"和光同尘"**。这是一个在老子哲学中比较艰深的词组。

处于"玄同"境界的人，也就是得道的圣人。

也许人们会奇怪，这样的"玄同"圣人，把路也塞了，把门也关了，怎么能够领略外界，把自己融化在"光"和"尘"里呢？对此，老子做了进一步论述。他说："圣人不行而知，不见而名，不为而成。""不出户，知天下；不窥牖，见天道。"

他又反着来了。

不门，不窗，不行，不为，反而能知天下，这相对于我们平常熟知的那种实见、实闻、实至、实尝的思维，是一种颠倒。但他是对的，因为他说了，排除了种种干扰，才能"见天道"。见了天道，什么大事都明白了。

如果一切认识都来自实见、实闻、实至、实尝，人们何以悟得天地宇宙、万事万物？凭着亲身感觉所获得的，最多是一些暂时的、片段的、实用的认识，而且这种认识大多极不可靠。大家记得，佛教也反复地讲述过这方面的道理。所谓"亲身感觉"、"实际到达"等，都是说服他人、证明自己的借口而已，不可过于相信。

其实，从历史的目光看，老子本人在这个问题上是一个雄辩的典型。他离世已经两千多年了，对于身后的漫长岁月不可能亲身感觉、实际到达，但为什么却让代代智者都充分信服呢？他没有到达汉代却能看透汉代，没有到达唐代却能看透唐代。这正证明，他悟得了天道，因此遍知天下。

他对于后世的思考，是虚拟，是静思。由此可知虚、静的伟力。除了虚和静，他不会强行去折腾什么事端，永远保持着一种彻底柔弱的态势。从长远看，这种柔弱，胜于强硬。

由"和光同尘"，又推导出了另一个大家都很熟悉的词组："**韬光养晦**"。对于"韬光养晦"，历来颇多误会，我要站在老子的思路上来纠正一下。

人们常常把"韬光养晦"看成是一个临时性的阴谋诡计，其实是理解错了。"韬"，第一含义是安放弓、剑的套子和袋子。对于善良的常人来说，弓、剑只是用来防身，而不是用来杀戮的，因此套子和袋子是它们最佳的存身之所、收纳之地。"韬光"，也就是对光的最佳收纳方式。正因为种种收纳，"韬"又出现了第二含义，那就是宽余。《庄子·天地》所说的"韬乎其事，心之大也"，就是这个意义。《广雅·释诂三》解释道："韬，宽也。"因此，"韬光"，也就是对世间多种光彩的收藏、优容、善待，而不使它们无由地在外闪耀、夺目，变成人人厌烦的"贼光"、"邪光"、"妖光"。

"养晦"，也是一种收敛避光的状态。《周易》说，只有"晦其明"，才能"晦而明"，也就是说，只有控制明亮，才能显现明亮。因此，晦，也就是收纳明亮的最佳方式。收纳明亮，其实也是融化明亮，符合老子所说的"和其光"理念。当明亮和光辉收纳于晦，那也就让它们默默保全、悄悄成长。所以，中国古籍中常有"养晦以待用"的说法。只有养之于晦，才能长存，因此《大戴礼记》中注明："养者，长也。"这就是说，离了阴晦状态，就很难养，很难长。

这个道理，我们从很多珍贵食品的制作过程中就能领悟。尽量避免暴晒、避免高温，只在"阴晾"中让微生物菌群自然发酵。这就是"韬光养晦"，这就是生存大道，而不是阴谋诡计。

三

如上所述，老子的这种生存智慧，使人容易误会他是一个充满心机的潜影者。我看到很多颇有学问的研究者，也有这种认识。然而在我看来，这种说法严重地歪曲了老子。

老子在本性上，拒绝任何"心机"和"谋术"，是一个追求最高道德的"上善"之人。

因此，我还要隆重地介绍他的另一个归结性的词组：**上善若水**。

为了说明这个词组，我要再一次抄录这段老子名句：

> 上善若水。水善利万物而不争，处众人之所恶，故几
> 于道。

我把它译成当代语文，是这样的："最高的善良就像水。水善于滋润万物，却不与万物争相，反而流向众人所厌烦的低处。这就很接近道了。"

请看，这里哪有什么"心机"和"谋术"啊。他用水的比喻，把"道"说明白了。

老子认为：不争，不是"离万物"，而是要"利万物"。

这个观念，就与寻常的避世心理、隐士生态划出了明显的界线。

"不惹事"是容易做到的，但既要"不惹事"，又要"利万物"，就很不容易了。

在这里，老子又"反"着提出了一个更严格的标准——"处众人之所恶"，也就是安静地生活在众人所厌烦的低处。

众人为什么厌烦低处？因为大家都在求胜，都在"力争上游"。向着高处，成了广大民众共通的生活规则。

当大家一味地求高、比高、争高的时候，安处低位就会被看成一种不成功、不奋斗、不争气的表现。老子一下子推翻了这个价值基座，认为只有安处低位，才能滋润万物，从根部滋润，从泥土中滋润。滋润了，仍然处于低处。

我回忆，在自己一生所接受的无数教言中，影响最大，记得最多的，正是老子提出的水的哲学。一想起，许多困惑就迎刃而解。经常有学生问我，为什么能无视高位诱惑，无视外来挑衅，而坚持天天写作？我总是淡淡一笑，然后讲水，老子的水。

学生说，他们读到不少有关老子的书，都会讲到水的比喻，但总是立即转到"水滴石穿"的话题，申述"以柔克刚"的哲理，仍然归结到了一种制胜的谋术。

我说，确有很多书都这么讲，但都讲歪了。即使真的产生了"水滴石穿"的特殊效果，水也从来没有把石头当作斗争的对象。穿石，不是预设的计划，而是自然的安排。

自然的安排，就是道。

纷争的天下，信赖谋术的人太多了。他们总以为，不争是谋术，处低是谋术，利天下也是谋术。这种惯性思维，实在与老子南辕北辙。他们，把老子的大善变成了大伪，把老子的大道变成了邪道。

因此，恢复老子的本义，是一种学术责任，更是一种道义责任。尤其对我这样曾经深受老子熔铸的人来说，也是一种生命责任。

四

讲了老子，庄子也许可以讲得稍稍简略一点了。好在我在《北大授课》、《庄子译写》等书籍中已经有不小的篇幅论庄子、抄庄子、译庄子，读者不难找到。

当然，那些篇幅主要是讲他的文学成就，本书则着重讲他的人生态度，与修行有关。

庄子继承老子的思想，认为世界的本原是"道"。但是，他对老子把"道"的本质概括为"无"，又在"有"和"无"这两个概念之间追溯的做法并不赞同。他认为，老子所说的天下万物生于"有"，而"有"又生于"无"的推演，没有太大意义。因为继续往上推，在"有"、"无"之前又是什么？

庄子认为，不必纠缠在"有"、"无"之中了，应该坚持的，还是那个"道"。庄子所说的"道"，来自老子却又比老子主动，是指一种"自本自根"、"生天生地"的力量，也就是一种终极性的创造力。

为了说明这种终极性的创造力，庄子提出了一个有趣的说法："**物物者非物**。"五个字中有三个"物"字，让现代读者一看就迷乱。我如果勉强用现代哲学语言浅释一下，那意思就是：让物成为物的那种力量，本身并不是物。

在这里，"物物者"这三个字中，第一个"物"是动词，第二个"物"是名词，加在一起是指"让物成物者"，也即"造物者"。造物者不是物，那是什么？庄子说，那就是"道"。

"道"不是物，"无为无形，可传而不可受，可得而不可见"，但它却创造了一切。

庄子要人们站在创造者的立场来观察物，而不是站在物的立场，"物来物去"。照他在《秋水》篇中的说法，应该以道观物，而不能以物观物。

他说，如果以道观物，物与物之间没有贵贱。反之，如果以物观物，那就一定"自贵而相贱"。他认为，世间矛盾如此之多，就是因为太少"以道观之"，太多"以物观之"。

从这里可以得出一个论断：如果我们站在道的立场，那就会天下一体，和谐相处；如果站在物的立场，那就会尔虞我诈，连自己也成了物的俘虏。

那么，这种终极性的创造力应该到哪里寻找？庄子说："天地与我并生，而万物与我为一。"（《齐物论》）

原来，道就在我们自己身上。

那么，我们也就可以凭着它，与天地万物合而为一。

这样一来，我们的自由也就无墙可隔、无远弗届、无与伦比了。这种自由的依据，就是以万物创造者的身份对物的摆脱，即"物物者非物"。记住，你是"物物者"，而不是物。

五

庄子所说的"物"，不仅仅是指我们习惯所说的"物质"、"物资"、"物欲"，而且还包括各种规章体制、界线分割、定性定位。在庄子看来，这一切都只是"被创造者"，而不是"创造者"，都只是"以物观物"的结果，因此都不可信任。如果以道观之，这一切就成了镜花水月，似影似幻，似是而非，飘忽无常。

对此，他用寓言举了很多例子，用比喻说了很多悖论。

以庄子的悖论来看：如果能够以道观物，草茎之细与屋柱之粗没有什么区别，美丑之间也没有什么区别；秋毫之末可以很大，泰山之体可以很小；夭折者的生命不算很短，高寿者的生命不算很长。

庄子还以一个寓言来表达自己的困惑：自己做梦变成了一只蝴蝶，但也有可能是蝴蝶做梦变成了自己。那么，自己究竟是"梦了蝴蝶"，还是"蝴蝶之梦"？

庄子觉得，这一串串古怪的问题，不必追问下去了，因为问题无限，而生命有限，永远也弄不明白。他说："吾生也有涯，而知也无涯。以有涯随无涯，殆已！"（《养生主》）

既然找不到明确答案，他便采取两者共存并行的方法，简称为"两行"。根据"两行"，连一切是是非非也都要协调中和，构成一种自然均衡的状态，即"天钧"。他说："是以圣人和之以是非而休乎天钧，是之谓两行。"（《齐物论》）

处处"两行"，各得其所，一切对立和分野都可以并存，这就以古典哲学的方式解释了现代哲学的命题——悖论。

我读到很多现代的专业论著，总在批判庄子的主观唯心、相对主义、怀疑主义、不可知论等等。其实，这些批判者太骄傲了。你们能用自以为是的种种结论来解释宇宙间的时空引力场吗？你们能领会庄子和爱因斯坦之间遥远的呼应关系吗？你们能从三维空间、四维空间的转移中看到庄子的面影吗？你们面对浩瀚太空所隐藏的无数未知，能够宣称已经超越了庄子的疑问吗？

读到这些同代人的著作，常使我深深羞愧。在那么遥远的古代，已经有庄子这样的人在思考未知领域了，已经有屈原这样的人在发出大量天问了，而今天，却有那么多玩弄教条的文人对着他们巨大的背影指手画脚。

六

论及人生状态，庄子提出了一个目标，那就是"**逍遥游**"。这又是他的一个名篇的题目，我曾一再用行书抄录全文，刊之于书籍，张之于展厅，付之于镌刻，可见喜爱之深。

按照他自己的说法，逍遥游是指"逍遥于天地而心意自得"。

为了达到这个目标，他指出了"**无待**"、"**无己**"这两个门径。

先说"无待"。这个"待"字的意思是"期待"和"依凭"，而天下的一切期待和依凭其实都是限制。人们为了争取自由，常常要求摆脱限制，却不知道所有的限制都来自自己所期待、所依赖、所凭借的一切。

庄子用寓言的笔调写道，大鹏飞行要靠大风，传说中的列子也能乘风飞行半个月，这是多么壮观的景象。但是，既然要靠风、乘风、期待风，那也就会受到风的束缚。没有风就飞不了，风转向也只得转向，风减速也只得减速，风停歇也只得停歇。除了风之外，飞翔还要依靠很多别的条件，例如，地域、时节等。因此，人们期待自由飞翔，其实是在期待飞翔的条件。但是，只要有"待"于条件，也必然被"控"于条件。因此，那不是真正自由的飞翔。

庄子要人们在心中拥有一副不必期待大风才能飞翔的翅膀。

这就是"无待"。

再说"无己"。意思是，不仅不要期待外界，也不要期待自己。自己的思虑，自己的意念，自己的规划，自己的嗜好，都不要成为人生的框框套套。很多人认为，不倚仗外界就应该依仗自己，但庄子认为，依仗自己其实也是倚仗一套人生标准，而这种人生标准就是自由的桎梏。

庄子认为，只有"无己"，才能成为他所向往的**真人**。那么，"真人"是什么形态的呢？他在《大宗师》一文中做了酣畅的描述。有点长，但我还是要选抄其中三段：

> 何谓真人？古之真人，不逆寡，不雄成，不谟士。若然者，过而弗悔，当而不自得也；若然者，登高不栗，入水不濡，入火不热。是知之能登假于道者也若此。
>
> 古之真人，其寝不梦，其觉无忧，其食不甘，其息深深。真人之息以踵，众人之息以喉。屈服者，其嗌言若哇。

其耆欲深者，其天机浅。

古之真人，不知说生，不知恶死。其出不欣，其入不距；翛然而往，翛然而来而已矣。不忘其所始，不求其所终。受而喜之，忘而复之。是之谓不以心捐道，不以人助天，是之谓真人。

我把它翻译成了当代语句——

什么是真人？古代的真人，不欺弱，不自雄，不计谋。这样的人，失了不懊悔，成了不自得；这样的人，登高不战栗，入水不沉溺，入火不觉热。只有见识合于道的人，才能这样。

古代的真人，睡觉无梦，醒来无忧，饮食不求香甜，呼吸又深又透。真人的呼吸能贯通足跟，而常人的呼吸却只在喉咙。一个人如果屈服于他人，言语就会受阻，那么，如果屈服于嗜欲，天然的根器也就浅了。

古代的真人，不贪恋生，不厌恶死。对于出生，并不欣喜；对于死亡，也不拒绝。自由自在地去，就像自由自在地来。不忘记起点，不追求终点。事情来了就欣然接受，如果忘了就复归自然。这就是说，不用人心去舍弃大道，不用人力去加助天然，才称之为"真人"。

请看，所谓"真人"就是由一连串的"不"组成：不逆、不雄、不谋、不惧、不伤、不梦、不忧、不嗜、不悦、不恶、不欣、不拒、不捐、不助……加在一起，就是一切都合乎天然之道，不要由自己去加添什么、拒绝什么、追求什么，这就是"无己"。

这是一个极为美好的形态，但要达到却不容易，庄子主张用"坐忘"之法。

所谓"坐忘"，庄子借颜回的名义说："堕肢体，黜聪明，离形去知，同于大通，此谓坐忘。"意思是：遗忘肢体，抛弃聪明，离开形象，忘掉智慧，与大道合一，就叫"坐忘"。

总之，只有通过修行把自己的这一切都看空了，那才能与大道相融。因此，庄子的思路是，由"坐忘"而"无己"，由"无己"而"无待"，终归于道。

"逍遥游"的理念，后来也成了中国艺术的最高追求，成了中国美学的至高坐标。

——本想把庄子讲得简略一点，但由于自身所好，还是讲得不少。这样，我们也就大致领略了"老庄"，可以移步到山那边的热闹所在，讲讲道教了。

七

热闹的道教，把安静的老子作为自己的"教主"。

这事说起来常常带有一点戏谑的口气，但是，我却要为此做出辩解。

在我看来，初创的道教并非随意地，而是认真地找到了一个足以信托的重大思想资源。道教郑重地从老子那里接过了"道"的核心观念，以及"自然"、"无为"、"虚无"、"归一"等基本命题，建立了庞大的道教理论。

其中，老子在《道德经》里的不少论述如"道生一，一生二，二生三，三生万物"、"致虚极，守静笃"、"专气致柔，能如婴儿乎"、"玄之又玄"等，又经常被道教学者引申运用，变成道教的思维方式和行为方式。这里就出现了"双向赋予"，除了老子惠及道教之外，道教也给了老子一个漫长的宗教仪式。

有趣的是庄子。道教并没有把他奉为"副教主"，但从他那里汲取的思想，并不比从老子那里汲取的少。尤其是庄子认为得道可以创造奇迹的说法，几乎成了道教得道成仙的思想依据。

除了说法，还有形象。我前面引述过庄子在《大宗师》里所说的那种"登高不栗，入水不濡，入火不热"、"其寝不梦，其觉无忧，其食不甘，其息深深"的"真人"形象，为道教得道成仙的理想提供了典型。不仅如此，庄子还在《逍遥游》里描述过姑射山上的神人，"肌肤若冰雪，淖约若处子，不食五谷，吸风饮露，乘云气，御飞龙，而游乎四海之外"的形象，更是广为人知，成了道教"成仙"的范本。

无论是"得道成仙"还是"养生成仙"，都会让现代人产生"迷信"的疑惑。但是，道教把老子和庄子请出了场，情况就改变了，人们不得不以严肃的文化态度高看几眼。因为，这里也体现了他们在学理上的一个重要特色。

中国学理，再深、再高，也常常会追求寓言化、拟人化效果。这是中国文化习惯于挣脱抽象罗网而投身感性相状的传统，而老子和庄子正是这方面的典范。他们在论述时喜欢呼求形象，把自己的思考定驻在一个个理想状态的人格模式上。因此，他们的学说中一定会出现似人非人、似神非神、似仙非仙的归结性形象。这就使老子和庄子具备了被道教追奉的条件。

与其他地方的哲学家不同，中国学者在描述这一个个形象之后，又会现身说法，亲自修炼。他们论述君子就让自己先做君子，他们论述大丈夫就让自己先做大丈夫，他们论述侠义就让自己先做侠者。

老子和庄子也不例外，完全过着一种清静无为、悠游天地的日子。就在这种过程中，他们体验着修行的可能，验证着修行的途径。例如，老子就在"守静笃"的宗旨下，认真地养静、养神、养气，感悟"谷神"、"玄牝"即生命之源，达到魂魄抱一、恍惚清冥的状态，收到返老还童的效果。

庄子在这方面更是用心，他提出过"心斋"的养生门径，还在《养生主》中以颇为专业的口气论述以督脉为经可以保身的经验，在《大宗师》里又分析了年长者容貌年轻的原因。

总之，他们都把自己当作一个"修行的斋房"。从某种意义上说，他们本身已经近圣、近仙、近神。道教把他们当作偶像，并不完全是强加。

当然，道教在发展过程中也频频与世俗的原始宗教产生碰撞和融合，那就是自古以来流行于民间的鬼神信仰、巫觋崇拜，以及后来兴起的神仙方术和谶纬之学。这些东西，确实包含着不少荒诞不经的成分，一直被近代学人所鄙夷，我早年也不愿触碰。但是，自从三十年前投身对傩文化的深入考察才明白，我们不应该对自己不知道的事情投以鄙夷。

八

道教把老子、庄子作为自己的教理背景，其实还有更宏大、更原始的精神资源，那就是来自古代"昆仑神话"和"蓬莱神话"的神仙信仰，以及与此相关的巫觋方仙之术。

这种信仰，渐渐提升并集中为对"气"的关注，认为生命、灵魂都本于气，连天体也因气而有了生命。一个人，如果"精气日新"、"邪气尽去"，就能成为真人，也就是神仙。因此，神仙是可以修炼出来的。

汉代魏伯阳的《周易参同契》，就把炼丹作为达到"精气日新"、"邪气尽去"的途径，并以《周易》中的阴阳、水火、天地、时令作为炼丹的依据。东汉时，张道陵（34—156）及后裔在鹤鸣山创立"五斗米道"，并宣布遵奉《老子》，使道教初步定型。《太平经》表述道教的基本思维是：天地人三合一为太平，精气神三合一为神仙。葛洪（约281—341），则是第一个总结教义体系，包括神仙方术的划时代人物。

南北朝时，"天师道"获得发展。北魏的道士寇谦之和南朝的道士陆修静一北一南整理了严密的斋戒仪范。陆修静的再传弟子陶弘景（456—536）更在朝野产生了重大影响。

唐宋时，南北天师道与上清、灵宝、净明等各派合流为正一派，注重符箓，一度成为道教主流。不少皇室，都虔诚地举行符箓斋醮。金大定七年（1167）王重阳在山东创立全真教，逐步取得更高地位。不管是正一派还是全真派，都主张"重生贵生，成仙得道"，而全真派的主张则更为明确，那就是：以"澄心定意、抱元守一、存神固气"为"真功"，以"济贫拔苦、先人后己、与物无私"为"真行"，此两"真"俱全，即谓"全真"。其代表，就是我后文将会论述的影响了成吉思汗的丘处机。

道教在漫长的发展过程中，被中国社会广泛接受。直到今天，很多民间习俗、传统节日中，仍然能够看到它的大量踪影。而实际上，它的精神规模比我们想象的还要大得多、远得多，甚至在不少领域，奇妙地接通了现代思维和未来思维。

很多被道教关注的神秘现象，不仅是过往时空的产物，直到今天和今后，还有超越时空的意义。

人们对日月星辰、山岳河海进行祭祀和崇拜，并非出于知识的浅陋，而是出于对自身渺小的觉悟。这种觉悟，恰恰来自宏大的情怀。古人的宏大情怀，在于承认天地宇宙对人类的神奇控制力和对应力，同时又承认人类对这种控制力和对应力的不可知悉、难于判断，因此只能祈求和祭祀。

他们把鬼神、巫觋、方士当作自己与天地宇宙之间的沟通者、传达者、谈判者，就像我们现在发出的与外星人沟通的卫星和电波。

当代科学家霍金，一边努力探察太空，一边又说人类尽量不要去骚扰外星人。这种若即若离的心理，道教也有。道教求神拜仙，问天问地，并不希望骚扰神仙和天地，或对它们施加什么力量，而只是企盼，在它们的佑护下，步步接近天道，并把自己的身心打理得更健康一点。最好，自己也能通过有效修行，成为仙人的一员。

道教后来渐渐融合儒学和佛学的精神，使自己的体格扩大，也曾参与社会治理。但是，不管怎么变易，它的核心优势，仍然是养心、养气、养身，而且以养身为归结。这也是它与儒家、佛家不同的地方。

在养身的问题上，道教虽然有很多规章仪式、气功程序，但主要还是信赖自然所赐的物质来行医、来炼丹。相信大自然已经布施了各种生机，我们只需寻找、采撷、熔炼。

道教的行医专家，几乎囊括了中华医学史上的绝大多数高位，为中华民族的健康贡献巨大；道教的炼丹专家，虽然失误颇多，却也取得了一系列让人惊叹的化学成果，造福后人。在这个过程中，他们还有余暇仰察天文，俯瞰地理，卜算阴阳，细看风水，让人们在宇宙天地的大包围中，获得一片片不大的庇荫。

道教人士非常忙碌，但通观他们全部的所作所为，便能发现，他们在自然大道面前显得既本分，又天真。

九

道教也有不本分、不天真的时候。例如，经常与统治者关系过于密切，连被他们追奉的"教主"老子也屡屡被当朝皇帝追封为"太上玄元皇帝"、"太上老君混元上德皇帝"，这实在会让清静无为的老子无法承受。这个"老子"一再担任皇帝背后的皇帝，可以想象当时道士的数量、宫观的规模、神仙的名单会多么庞大。历史上有不少皇帝因尊奉道教而走火入魔，成日炼丹，耽误国事，结果也都未能保住长寿。这些事实，哄传朝野，都严重贬损了道教的历史地位，玷污了一个重大宗教的文化形象。

其实，所有的大宗教、大学派、大思维，都有可能被统治者利用。

被利用，自有被利用的自身毛病，不必全然宽宥。但是，在删去这些令人遗憾的成分之后，它的本体是否还能保持住几项基本的正面功能？

这就是我为道教辩护的思路。

有点像面对一座千年古闸，看它一会儿蔓草遮掩，一会儿锣鼓喧天，大家就都记得那些蔓草和锣鼓了，抱怨连连。但最要紧的是，搁置蔓草，搁置锣鼓，看看这千年古闸是否一直在蓄水、放水、灌溉？如果这几项基本功能至今没有废弃，那就应该为它辩护，恢复它应有的尊严。

我发现，道教在抖掉了一身的宫内之气、邪惑之气、锣钹之气之后，还保持着几项硬朗的基本功能，一直没有废弃。而且，越到现在，越有光彩。

我的辩护，因此也有了基座。

第一项功能：清心戒杀。

我一提，大家就会联想到公元十三世纪前期的大道士丘处机。

没有一个宗教家有这样的荣幸，居然与一位征服世界的强人长时间晤谈，把自己的思想灌输给他，让他局部地改变了战争意志。于是，这位宗教家和这位强人一起进入了世界历史的关键篇章。

由于这件事很能概括道教的魅力，我想稍稍多说几句。

成吉思汗已经满足了一切欲望，只想如何长生了。他打听到，只有道教是专门研究长生的，便派人找到了当时道教中最著名的全真道大师丘处机。年逾古稀的丘处机执杖起步，沙漠风霜，历时四载，到达成吉思汗的行营。成吉思汗一见这位刚刚走完万里长路的老人一派童颜鹤发的模样就非常喜欢，交谈刚开始就问丘处机，如何才能长生？

丘处机回答是："清心寡欲。"

这确实是道教的核心理念。丘处机没有奉上丹药而是奉上理念，可见是一位勇敢而可敬的道人。成吉思汗听了深深点头，可见也是一位高明的问道之人。

此后，两人多次见面，话题也拓展了。当时，成吉思汗正处于西征的激烈战斗中，但丘处机对他说："一定要注意不能嗜好杀人。"

成吉思汗问，得到天下后应该怎么治理？

丘处机回答："以敬天爱民为本。"

成吉思汗点头。

成吉思汗对丘处机非常敬佩，说"天赐仙翁，警醒了我"。他还要随从把这句话写出来，传给自己的儿子们看。

成吉思汗与丘处机是同一年去世的。成吉思汗在去世前一个月，还下达诏书"不杀掠"，布告天下。

我之所以重视此事，是因为道教的声音出现在历史重大时刻的重大人物面前，而这个声音又是那么美好："清心寡欲"、"不嗜杀"、"敬天爱民"。

在中亚的血火军营中响起的这几个短句，实在是道教所迸发的巨大辉煌。

第二项功能：参赞天地。

这一功能的完整表达，应该是"参赞天地之化育"。意思是，协助天地自然，保护和养育人类。

居然有这么一群人，总是在研究着人类生存的自然环境，至大、至微，都不放过。曾经有当代学者指出，在最大的意义上，道教一直在碰触着宇宙生态学和天体物理学。

例如：他们设想天地由混沌而成，然后有万物，有人类；人类既非由谁创造，也非自己进化，而是由"神人同体"的至人渐渐俗化而来。他们又设想宇宙的图景，其中发现了一阴一阳两种力量，以及由金、木、水、火、土五种物理现象所象征的五种性能，构成运行和创造。这一切，越到现代，越能与最新的科学思潮合拍。

至于天干地支的观念，更是地球物理学的先声，而且居然积累得那么完整。历来在道家的队伍中，隐藏着很多天文学家和历法专家。

我坚信，在未来人类有关天体科学的研究上，中国道家许多奇诡难解的论断，将会越来越多地被读解、被证明、被敬重。

道家对人类生态环境的研究，更是让人惊叹。例如，一位战国末期的阴阳学家驺衍曾断言：平常所说的中国，只占世界的八十分之一；世上有"大九州"，都被大海环绕，彼此不能相通……这些话，在古代，常被文人嘲笑为"闳大不经"的胡思乱想。那么到了现代，有了世界地理学，不应再被嘲笑了吧？

对于天地自然，他们除了研究，更是崇拜。他们坚信人世间一切重要的命令，都来自天地自然，因此参赞天地，回归自然，是他们的人生使命。他们反对一切违逆天地、脱离自然的行为。

基于"参赞天地"这一基点，也可以进一步理解道家的一系列观念。例如：面对天地自然的伟大意志，我们都是婴儿；面对天地自然的圆满组合，我们只能清静无为……

道家认为，人只有"参赞天地"，才能融入自然，让自己的生命成为一个"小宇宙"。大、小宇宙的呼应对话，构成"天人合一"的庄严结构。

第三项功能：养气护生。

道教相信，天体的"大宇宙"和生命的"小宇宙"是同一件事，因此人的生命就有可能"长存不死，与天相毕"。他们把人的生命看得非常重要，认为"人所贵者生也"，"人人得一生，不得重生"。因此，应该尽量把生命守护住。

在道教的思维系统中，是什么把"大宇宙"和"小宇宙"连在一起的呢？答案是气。他们认为，天、地、人都生成于气，又以气相互沟通。道家所谓"养生"，其实就是养气。所养之气，就是元气。

元气，宏大又纯净，纯净到如婴儿初生时的那种无染气息。一旦杂气干扰，元气就无法完足。元气因为是出生之气，必然长保新鲜，永远富于创造力。道家在气功中所实施的"吐故纳新"，就是要用吐纳的方式保养住这种新鲜而富于创造力的初生之气。

道教有关"元气"的理论，有力地支撑起了我对"天地元气"的基本信念。这在前面已经提到，后面还会以专篇论述。我说过，自己在研究历史、考察世界、回顾生平的漫长过程中，事事都能感受到"元气"的弥漫、"元气"的消损、"元气"的转移、"元气"的复苏。

把元气引入养生，显然是一条畅达之道。

元气养身，必须通过长久的修炼。去杂，提纯，观天，体地，然后细寻自己身上的气脉，步步引导，积小成大，沉入丹田。时间一长，便成真人和至人。

道教主张从"大宇宙"提取一些元素来接济"小宇宙"，这就是采撷自然界的草木、矿物、金属制成丹药来治病和养生。无数炼丹炉，也就燃烧起来。更多的采药箱，也就转悠在山河大地之间。

道教的方士们对丹药有两种追求：一是杀虫，也就是杀灭人体内的"三尸虫"；二是炼金，也就是用化学方法让金属矿物溶解到人的腑脏间使之不腐。这些行为当然产生了大量负面效应，造成了一系列严重的"医疗事故"。

方士们把丹药中金属、矿物的组成，称之为"天元丹"，把植物的组成，称之为"地元丹"。更重要的是"人元丹"，那就是由自身养气修得，也包括"房中术"的"采阴补阳"。

道教把养气养身作为自己的行为主轴，体现了一种举世罕见的生命哲学。当代有学者称赞道教科学家们把生命哲学溶解到了生理学、药物学、化学、冶炼学、理化治疗学之中，并非虚言。

在千余年的丹炉边、草泽间，道教方士们常常显得手忙脚乱。但是，他们治病养生、养气护生的初衷并没有错。在地球的每一个角落，人类为了救助自己的生命做了多少实验啊。有的实验大获惊喜，有的实验痛心疾首，这个过程至今还在延续。即便在最先进的国家，一种新药的发明，往往要经历无数正反的实验，延续漫长的时间。如此联想，我们可以进一步理解发生在道教丹炉边的无数悲剧和喜剧了。

中国首位获诺贝尔生理学或医学奖的屠呦呦教授，她所发现的青蒿素挽救了世界上几百万人的生命。屠呦呦坦承，自己对青蒿素的注意，最早出自葛洪的著作。葛洪，除了前文说过的是系统地整理道教教义体系第一人外，还是一位具有里程碑意义的道教药学家。屠教授获奖，也给这位一千七百多年前的探索者送去了掌声。这掌声，也应属于道教。

大家知道，葛洪是一位著名的炼丹师，主张"内修形神，延命愈疾"。他对道教的另一项贡献，是写出了在中国文化史上不可小觑的学本著作《抱朴子》，比较完整地建立了道教的神仙理论体系。他认为，仙人不是天生的，而是修来的。"长生可得，仙人无种"，人人都可以通过修炼，扣动仙门。

从葛洪，我们又可以联想到他的南京同乡，比他晚了一百七十多年的道教名家陶弘景，写过道教名著《真诰》、《登真隐诀》，传播上清派道法，而他也是一位名医，所著《本草经集注》七卷极大地推动了中国药学。

在医学上更出名的，是比陶弘景晚了一百二十多年的道教名医孙思邈（581—682）。孙思邈长期隐居终南山研习道教，辛苦炼丹，又写出了中国医药史上的名著《千金要方》、《千金翼方》、《摄养枕中方》、《保生铭》等，成为一代医学大师。这些光辉的名字，还可以在道教的护生长廊里一直排下去。他们在医学上的成就，一点也无愧于世界上其他地方的同行。

这些名字曾经救助过多少生命？无法统计了。无可怀疑的是，他们有效地护佑了世界上人口最多的民族的健康。与此相比，那些发生在丹炉边的"医疗事故"，也不必过于计较了。

养气护生，生命第一，这是道教的千年坚持。直到今天，每当我们看到地震、海啸的救援队伍一遍遍喊出"生命第一"的口号时，总会想到道教久远的恒心。

好了，我就这样梳理了道教直到今天仍有价值的三项功能，那就是清心戒杀、参赞天地、养气护生。这三项功能，用现在的话说，也就是呼唤和平、呼唤自然、呼唤生命。在当代世界，还有什么比这三种呼唤更为重要的呢？道教在中国的土地上如此呼唤了千遍万遍，这还不能让人肃然起敬吗？

那么，还是要回到在茅山山壁上刻凿的我的题词：大道巍峨。

下部

安顿

引　言

　　我们逃离了那么多错觉之山，叩问了那么多正觉之门，最终，应该在何处安顿心灵？

　　我本人在毕生的修行过程中，一直希望找到一种与很多经典密切相关又不完全相同的精神图谱。然而总是显得过于庞大，一直在努力精简。

　　精简是一件大难事，但又有点迫切，因为很多学生总想让老师用精简的方式告诉他们人生的秘密，他们拒绝庞大。

　　就在这时，一些奇怪的事情发生了。

　　自从互联网行世不久，网上不断出现以我的名义发表的格言和美文，近几年越来越多。

　　我回故乡时，小镇的廊柱上就张贴着不少写着我名字的这种格言。

　　见到新认识的年轻朋友，他们一见面就大声背诵这样的短篇美文。

更夸张的是，据在纽约联合国总部任职的何勇先生来电，纽约一家中国餐厅举办了我的"诗文朗诵会"，包括歌手演唱。他前去听了，发觉也都是这样的格言和美文，因此用电话来验证……

这些事我开始并没有太当一回事，每次听到都一笑了之。后来，我请朋友们选一些以我名义发表的格言和美文，拿过来看着玩玩，但一看，心情立即发生了变化。

这些文字，尽管与我的笔墨风格南辕北辙，但在内容上却没有什么污渍，都在谈论"人生哲理"。它们的出现，处处闪动着一种可爱的天真。

他们显然是热爱这种文句的，却为什么要把自己的"好东西"如此源源不断地送给一个他们并不认识的大叔？

我想，误会的起点是他们的语文老师对我的过度推荐。这让他们产生了误会，以为借我的名字，可以让他们每天写出来的"人生哲理"引起广泛关注。

这么一想，我觉得应该珍重他们的这种情怀。

一般说来，人一上了年纪，就不太愿意再谈"人生哲理"了，因为他们看到了人生的极其复杂、诡异、多变，简直无理可讲。因此，凡是还在谈的，一定还比较年轻。

但是，这种阴错阳差，实在是人世间最荒唐的"话语颠倒"。那就是把一个最艰深问题的话语权，交给了最不具备这种话语权的人，而真正有可能具备话语权的人群，却在沉默。

我想改变这种状态。

岁月确实像一道道厚墙，堵着我的嘴，但我相信真正有力的话语一定能把这些厚墙穿越。我修行大半辈子，破了那么多惑，问了那么多道，理应留下一些成果，否则就对不起那些惑，对不起那些道了。

试想，如果换一个人，也像我这样从头来一遍，吃那么多苦，走那么多路，读那么多书，看那么多人，经那么多事，终于熬到了我这样的年岁，却只扯别的，拒讲人生，那是多么浪费！

我想了多次，决定反对浪费。

既然经历如此丰厚，那么，我要写出来的句子，一定与那些年轻人的文笔有很大不同。简单说来，由于年龄和经历，我的人生感悟都带有某种终极意义。

终极意义是什么样子的？在形态上很容易产生一个误会，以为那是几组复杂的公式、一堆深奥的结论。其实，在我看来，只要一涉终极，便有梵呗圣乐响起。天地大道的归结处，必是空寂诗境。

由此也唤起了我内心一个小小的欲望，即试着用我自己的笔墨，让那些一直对我充满好意的年轻人看一看，这个长期被他们冒名的真身如果亲自动手，写他们很想写的那种句子，将会是什么模样。

我已经老了，但他们也会渐渐老去，我用我的文字在路边等候。

忽然想起，他们冒充我的名字发表的句子中有这么两句：

你的过去我无法参与，
你的将来我奉陪到底。

这是口语化的质朴情诗，据说已经流传很广。我想借用来告诉这些美文的作者：奉陪到底的"底"，就带有终极意义。

"底"，就像是严冬雪原，不见了花，不见了树，不见了水，不见了鸟，不见了路人与足迹。也就是说，一切安慰性、误导性、干扰性的因素都删除了，天地间只剩下了终极生存的最后理由，人类生灭的最后支撑。

下面，就是我安放在路边等候，决定奉陪到底的文字。

生存基点

一

人类的生存底线，不会照顾我们的期盼。

人类的生存期限，不会安慰我们的祈愿。

——这是我投入宏观思考的起点。我的身后，站着一大批古生物学家、古地质学家。远处，还站着不少以"末日"、"大劫"、"灭绝"、"洪水"为话题的宗教人士。

唯一的希望，是在地球上留下人类生存过的痕迹。但地球的寿命，也岌岌可危。

当然也可以在太空间留下一些印记，但这又是太琐屑的玩闹。现在，最有幻想能力的人已把目光投向火星、木星、天王星……但那只是太阳系里的行星，而在银河系里，像太阳这样的恒星就多达一千亿颗！更让人无法想象的是，在宇宙中，像银河系这样的星系，也必须以千亿来计算！

但是，即便从整个宇宙着眼，也已经不够。科学家霍金说，今后我们应该把"宇宙"一词的英文拼写 universe 的第一个字母 u 大写，因为我们所说的是特定的一个宇宙，而宇宙却有很多个。而且，不同的宇宙还会平行、交叉、互融。我们平日发现的很多不可解的奇迹，很可能是另一个潜在的宇宙在起作用。

——这是我投入宏观思考的背景。我的身后，站着一大批天体物理学家、量子物理学家。

"黑洞"、"虫洞"、"穿越"、"纠缠"、"倒逆"……这些在日常生活中最普通的用语，指向着人类不可破解的宇宙奥秘。一旦破解，人类有可能会失去最后一丝生活的勇气。

人类极其可怜，只能用虚假来掩饰真实，用宏大来掩饰渺小，用永恒来掩饰速朽，用教条来掩饰无语，用输赢来掩饰共亡。

其实，越是"自大"的地方，越是"自小"的死穴。例如，天文学家们接收到几亿光年的信号了，那真该"自大"一番。这是因为，一光年，就是光在真空中走一年的距离，已经遥远得不可想象，如果再扩大几亿倍，那是什么概念？但是，当我们"丈量"了这么一个距离，地球并没有扩大，它在这么一个距离中间，即便是成语所说的"微如草芥"也是极度夸大了。把一粒草芥分割成几万亿份，地球也还是比不上。这就只能"自小"了。

连地球也这么微不足道，那么，人呢？

我们所说的大、小、远、近，都还只是地球上的概念。其实，一切都是相对的，宏观世界和微观世界的结构高度相似。也就是说，我们摘下一片草叶，很可能抖落了一大堆"太阳系"。而我们现在所认知的"银河系"，也可能是另一个空间小鸟羽毛间的尘埃。

说草叶，说尘埃，也只是以我们自己习惯的基准在做比喻。其实不存在这种基准，只有那万古旋流的无形无态、无边无际，瞬息之间能让一切都归于洪荒。

过去，说起地球的毁灭、人类的消失，总觉得是一种不可能发生的噩梦。但现在，一切具有科学理性的人，都不能不在心底承认，这不仅是可能发生，而且是必然会发生的结局。在完全没有逻辑的太空灾难中，人类的功劳和罪孽都微不足道。即便在地球上，人类自毁，或通过人工智能自毁的可能，也远远大于自保、自救。人类已经习惯于追究责任，但当最后灾难来临的时候，很可能是一种集体责任，而更可能是谁也没有责任。谁也没有责任的灾难是最可怕的，甚至，连"怕"的理由和时间也找不到。

瞬息之间，归于洪荒。或者，连洪荒也看不到。这就产生了人类的"第一生态原理"，那就是：**"人类不管如何发展，都不可能永远生存。"**

那么，脆弱的人类该怎么办呢？这就出现了"第二生态原理"。

二

人类是一个密集的群体，极易因惊吓而敏感，因敏感而传染，爆发群体性的心理灾难。因此，一切智者为了避免人们被"瞬息之间，归于洪荒"的事实所惊吓，都心照不宣，实施适度的群体性隐瞒和转移。

这就像对一个朝不保夕的病人，不让他看太准确的病情报告，而把他的注意力引向窗外的白云，云下的远山，山间的寒林，林下的人影。

这是人类无奈而又机智的自我保护，合情合理，无可厚非。世间的种种蓝图、纲领、事业、宣讲、竞争、游戏、赌博，皆由此而生。

这也就是说，天下的一切宏伟、强大、富裕，都只是临时安慰。因为渺小的人类偶尔生息在渺小的地球上，没有任何宏伟、强大、富裕的理由。为了这种虚假的临时安慰所发起的侵略、争夺、斗争，更是虚假中的虚假。从长远看，只会加快地球的毁灭、人类的消失。一时的兴盛，只是两个衰落之间的一个环节。一重重兴衰环节的终点，不存丝毫可以乐观的缝隙。

固然，宇宙间的巨大能量也会构成某种平衡。但这种平衡，绝不会因为人类而发生。这就像太平洋中密克罗尼西亚群岛所形成的猛烈台风，并不会因为菲律宾海滨草丛中的一群蚂蚁而改变方向。其实，人类在宇宙中的地位，比那群蚂蚁还小了几万亿倍。

那怎么办？只能让蚂蚁们不想台风，不想密克罗尼西亚群岛，只在草丛中扮演繁忙、扮演奋斗、扮演欢乐、扮演比赛，并在其中扮演国王、扮演敌人、扮演英雄……

既然人类比它们更小，那就更应该这样了。这就像佛教中所实行的"方便法门"，也就是让一般信众不必被终极佛理所吓着，而是以"因果报应"的安慰来积德行善。事实上，从根本上看，"因果报应"并不成立。

让人们在忙碌中忘记太空灾难，在奋斗中转移天文恐惧，在欢乐中淡化悲剧认知，在比赛中分散大劫预感……

于是形成了"第二生态原理"，那就是：**"人类为了阻挡集体恐慌，允许实施适度的心理转移。"**

显然，"第二生态原理"是对"第一生态原理"的策略性制衡，试图拦截步步逼近的狞厉。

人类在严酷的生存危机中，以精神安慰进行自我保护，当然是出于生存本能。接下来的问题是，如果更换一种超越人类的宏观目光，那么，人类是否值得自保？

这种超越人类的宏观目光，是一种宇宙大审判，我们也可以拟人化地称之为"上帝的目光"、"梵天的目光"、"如来的目光"。在这些神圣目光的审核下，人类该不该继续存在？

换一种简单的问法：在地球上无数的生物品类中，人类是不是特别优秀？

答案是肯定的，而且越来越明确。

我们听到了上帝的声音、梵天的声音、如来的声音。

那就是：在地球上无数的生物品类中，人类特别完满、特别优秀。并由此可以推想，在宇宙间尚未发现的种种生物品类中，人类虽然未必强大，却特别优秀。因此，只要有一丝可能，就要让人类继续存在。

这就触及了人类的"第三生态原理"。

三

不管宇宙多么浩瀚，生物多么繁茂，迄今为止，可以断言人类具备一系列其他物种所没有的独特优势。

这些优势，外星人是否具备，现在还不清楚。至少到目前，人类还无可比拟，无可替代。

如果要讲清楚这些优势，几年的课程都不够，成架的著作也不够。我在这里只概括出最简明的三项，那就是"**善良天性**"、"**自塑天性**"和"**审美天性**"。

按照唯物主义的历史观，人与动物的根本区别，是人会制造和使用工具。这就是说，人是"会使用工具的动物"。难怪，唯物史观总是与"人性"、"人道"、"人本"格格不入。在我看来，使用工具只是人类在发展过程中的一个技术性步骤，而人类不同于万物的本性，是能够依据善良天性和审美天性进行自我塑造。从塑造个体，到塑造整体，最后通向大善大美。即使人类要灭亡，也要在大善大美中灭亡。这是人类在微不足道中所追寻的生存尊严。

下分述之——

其他物种所没有的首项优势，是人类具有**善良天性**。

人们有时也会描摹其他物种的"善良"，其实都是"拟人化"的想象和移情。"拟"的是人，只有人才会产生发自内心的善良。

很多哲学家和散文家说：土地多么善良，给我们提供了吃食；山川多么善良，给我们提供了水源；太阳多么善良，给我们提供了温暖。其实，这是一种"一厢情愿"的感恩泛滥。在地球上还远远没有人类的时候，这一切都早已存在。当人类出现之后，自然的暴力也一次次把人类推到生存的边缘。能活下来，只是偶然。

当然也有一些动物，因生存本性而产生了"护仔"、"护群"、"护主"的本能动作，或因模拟人类而产生了近似人类的报答反应，但这都不是族群的善良天性。完整的善良天性，只属于人类，只属于人性。

其他物种所没有的另一项优势，是人类具有**自塑天性**。

人类的自塑是一种主动行为。先是由环境的变化而推动，被动地改变自身，然后就渐渐主动，长者引导，施行教学，锻铸品格，崇尚高贵，把人类群体自塑得日新月异。相比之下，其他物种虽然也有进化，却迟缓得多。

其他物种所没有的又一项优势，是人类具有**审美天性**。

自然界中种种美丽物象的产生，并不是出于它们的自觉认知和自我选择。因此，它们虽然很美，却不具备审美天性。它们一直与丑同在，与不美不丑的万物同在，而没有任何不适应。它们的被发现、被选择、被重组、被赞叹，只为等待人类。因此，无人，便无美。唯物主义认为，那些美的物品在人发现之前就已存在。不错，但那是物品，而不是美。

人类是迄今唯一懂美、爱美、创美的生物群体。而且，美的标准同中有异，异中有同，全人类组成了美的默契、美的凝聚、美的交响。这使得人类在生活中产生了一种着魔般的吸附力量。

更重要的是，人类本身就集中了美的最高形态，从男性到女性，从形体到表情，从内在到外在，互相辉映，构成了无与伦比的美的典范。

——正是这几大优势，使人类成了宇宙间的珍贵精灵，值得自爱、自重、自卫、自保。

这就是"第三生态原理"。

四

但是，如前所述，即使具有如此优势，人类还是难于自保，必然会遇到一系列劫难。

劫难中，有的是天文劫难，有的是人文劫难。天文劫难来自宇宙，人文劫难来自自身。

这中间，天文劫难我们无能为力，需要我们警惕的是人文劫难。它在天文劫难尚未抵达之时已经使人类狼狈不堪，而如果天文劫难真的光临，它更会乱中添乱，使人类的句号画得非常难看。

这会让我们心有不甘，因为如此优秀的人类即使面临结束，也应该享受一种辉煌的终点。而在终点之前，还应该铺就一条敞亮的大道。

如果这一切都没有了，那么，人类的生存基点就会变得十分黯淡。因此，我们修行的重要目标，是减少和排解人文劫难。

因空而大

一

前面说了，我们对于天文灾难无能为力，只能对人文劫难做点什么。

其实，人文劫难，主要起自人文安慰。

诚如上文所说，人类为了阻挡集体恐慌，允许实施适度的群体性转移。为此，不得不建立种种不真实的坐标和相状。

尤其是，明明迟早要面对"一无所有"，却要大谈"拥有"和"占有"，让人们在精致的私有屏障前心满意足，不再恐慌。

但是，恰恰是这种"拥有"和"占有"，启动了眼下就会遭祸的按钮。大家都要"拥有"，人人争着"占有"，无数的社会纠纷就形成了。纠纷自然会激化，那就指向了人文劫难。

于是，智者们不得不转过身来了。

要想避开这种人文劫难，应该从根本上做起。

例如，开始惹祸的根子之一是"拥有"和"占有"，那就要像历代最高层级的思想家那样，好好探讨一下"有"。

我在前面曾反复论述，佛家、道家和魏晋名士，把"有"、"无"、"空"这三个关键字提炼出来，让它们在超验天域中旋转和翻腾，接受审视，然后，把思想引向最深处。

我概括的结论是——

"有"来自"无"，而归之于"空"。

我还从哲学上做出分析："无"不是一种存在状态，而"空"却是一种存在状态。"无"是"有"的前生，而"空"是"有"的本性。

当我们判定"有"的本性是"空"时，一切问题都可以迎刃而解了，包括生活中的一系列实际问题。

例如，这个人说："我明明拥有了这片土地，有买卖合约和地产证书为证，怎么能说我没有呢？"

回答是："你确实有，但有的本性是空。"

那个人说："我明明拥有了行政官职，有任命状和办公室，怎么能说我没有呢？"

回答依然是："你确实有，但有的本性是空。"

……

各行各业，各种形态，可以不断地说下去，回答始终是空。

这里所说的"空"，并不是像一般的人理解的那样，在说"坐吃山空"、"大柱蛀空"、"位逊门空"、"人去楼空"……其真正的含义，是指在山还未空、柱还未空、门还未空、楼还未空的时候，它们的本性，已经是空的了。

对于这个问题，我在解释《心经》的专论中曾经以教师为例，加以说明。我说，几乎所有的教师都喜欢宣称，"我拥有多少学生"。但是，即使把你最满意的学生"拿"出来，你的"拥有"也存在许多疑问。这个学生年岁已经不小，中学三年级对他来说只是人生的一个极小片段。即便在这个片段中，他也有很多课程，你的课程只是其中之一；即便只算你的课程，你用的是全国通用教材，只是讲了一讲。这怎么会变成你对听讲者的"拥有"？你讲了，这个学生接受多少？一年后还记得多少？现在是否还有残留？……这些问题，使某个教师"拥有"多少学生的说法变得很不可靠。

我这么说，并不是看轻教师这个职业。我自己也是教师，而且生涯够长。我只是借一个最朴素的例子说明，天下一切"拥有"、"占有"、"持有"、"掌有"、"享有"，疑点很多。

在绝大多数情况下，"有"只不过是一种名义，而所有的名义本都只是人类的虚设游戏。"有"的最切实意义可能包含一点支配的权力，但其间又颇多蹊跷：乌云能暂时地支配阳光却不拥有阳光，海风能暂时地支配船帆却不拥有船帆。

二

人们为"拥有"而争抢，使世界划分出很多界线。守住已抢得的界线，觊觎未抢得的界线。千百年来，掠城夺土、割地划疆，无非为此。所谓"界线"，就是以一种脆弱的契约方式来固化拥有，扩展拥有。其实，这也是一切人文劫难的固化和扩展。

这中间，有大批学人一直在为种种界线的划分进行理论加持，人世间的绝大多数概念、逻辑、学理，皆由此而生。

人们凭着聪明的头脑，把最原始的欲望和冲动精致化、规则化、理论化了。这一切很容易被看成是人类进步的证据，其实，那是以复杂的方式回归荒蛮。

能看清的人并不太多。除了我一再称道的佛家、道家、魏晋时代的哲学家外，还有少数几个优秀的西方人。例如，歌德就说过这样一句话：

> 人类凭着聪明划出了种种界线，最后凭着爱，把它们全都推倒。

在这方面，比歌德做得更出色的，是中国的禅宗。禅宗大师种种让人难以理解的作为，全是为了推倒那些界线，包括那些概念、那些逻辑、那些学理。

全都推倒了，那就是"空"。

好像失去了很多，但细细查点，才发现失去的全是羁绊，全是桎梏。当羁绊和桎梏都没有了，那么，让我们警惕的人文劫难，也就失去了落脚的基点。

因此，"空"的哲学，是针对人文劫难的"防卫系统"。

三

"空"有两义：在内，是本性之空；在外，是羁绊之空。

本性之空，是指天下万物未必具备名号所限定、历史所确定、习惯所认定的性质。也就是说：此未必是此，彼未必是彼；忠未必是忠，奸未必是奸；祸未必是祸，福未必是福；盛未必是盛，衰未必是衰。即便是，也处处流动、时时转移，从称呼它们的刹那间，已经不能确定。

这就像半山腰的一个崖洞，战争期间临时做过各种仓库，每种物资都有名号，把整个崖洞都装满了。人们可以根据物资的名号，叫它什么洞，什么洞。后来，战争结束了，物资搬走了，崖洞清空了，一派开阔。鸟雀飞进来，又飞走了；云霭涌进来，又涌走了；花香飘进来，又飘走了。它永远是空的，许诺一切，迎送一切，挥洒一切，却又不是一切。

人们似乎习惯了那种被仓库塞满了的崖洞，那种由仓库的物质赋予不同功能的崖洞，反而不习惯了未做仓库的崖洞。简单说来，反而不习惯了"空"的崖洞。

但是，崖洞之所以称为"崖洞"，因为本性是"空"。请把我们的人生、我们的心胸，比一比崖洞，如何？

我们的心胸，本应开阔流通。但是，开阔流通的前提是无滞无碍，无堆无垒，无堵无塞。心胸一堵塞就会造成像"心肌梗死"、"脑血栓"这样的重病，唯一的治疗途径，就是清空。

这便是内在之空。

外在之空，是要看穿一切外在羁绊，哪怕这些羁绊具有充分的社会性、公认性、历史性、传承性，也要努力分辨、看穿、清空。

羁绊不会自己承认是羁绊，它们大多以"必须形态"出现，看起来都难以离弃，不能割舍。

看穿它们的关键，还是要找回初始的正觉。就像我在前面"破惑"中所说的，回到那个看穿"皇帝的新衣"的儿童纯净的目光。

基于这种思维，原来堆在脑子里的大量"一定"、"必须"、"理所当然"、"必不可少"，也能涣然冰释，化作流水，琮琤而去。对于前人所做的那些事情，可能情有可原，但我们今天完全可以重新做出裁断。

我们可以凭着纯净的目光提出一系列问题：世事匆匆，真要如此摆开拳脚、展示肌肉吗？真要如此颐指气使、训示民众吗？真要如此追求虚名、迷醉权势吗？真要赚那么多钱、挖那么多矿、造那么多房吗？……

如果有了"空"的心胸，我们书架上的书籍，就会减少大半；我们学校里的课程，就会减少大半；我们在历史荒原上的冲撞、呐喊、拼耗，就会减少大半。如果能够这样，那么，焦头烂额的人类，是否会过得从容一点？我们几十年的生命，是否会过得更有诗意一点？

这样做"减法"，做得最让我动心的，是佛教中的僧侣团队。僧侣并不是西方宗教中的"神职人员"，因为佛教里没有那样的神。僧侣是一种"实验示范"，以一层层的剥除，证明人生是有可能剥除的，而且可以剥除得干干净净。他们剥除了家庭，剥除了名字，剥除了世俗服装，剥除了性别特征，剥除了饮食嗜好，结果，他们还是那么快乐、智慧，反而成了人间的启蒙者。

历代的僧侣都是云游者，他们的天地，都因空而大。

四

因空而大，也是艺术的至高境界。

品味中国古代艺术一久，就会深深地向往一个难以企及的等级——空境。

浅处理解，空境是留出空白，呼唤"空山不见人"的诗意。一切赘笔都是笨拙，一切添饰都是多余，一切繁华都是低俗。疏疏枯墨，幽幽弦鸣，让人屏息凝神，心志如洗。

深处理解，空境是释放生命，释放到一个没有界限的空间尽情遨游。那就像一名素练女子的大幅度舞蹈，而黑色背景也就是宇宙背景。她的身段姿态来自天籁又牵动天籁，描述天籁又划破天籁。正是空，让她完成了一切。

推衍开去，也正是空，让人类完成了纯美的一切。生命的最高骄傲和最后线条，只能在空境中成形，又在空境中消融。

天地元气

一

浩阔无际的"空境"，并不是"死境"和"止境"。之所以有魅力，是因为有很多神奇的力量在涌动。这些力量的中心，蕴含着一股最强大的原生之力，古代智者称之为"天地元气"。

在中国，论述"天地元气"最多的，是道家和魏晋名士。他们把"天地元气"当作人世间的兴衰之源，自然界的荣枯之因。

有了它，空还是空，却显现出了生机和神采。天地，因此而醒；宇宙，因此而活。

二

"天地元气"，是古代智者从一系列"无法解释"的现象中开始探寻的。这一系列"无法解释"的现象，直到今天还萦绕在我们四周。

例如——

按照寻常逻辑，一支装备齐全、兵力充裕、身经百战的军队有一百个理由必然胜利，但是，结果却反遭惨败。参谋本部找了很多原因，更换将帅，重整旗鼓，然而，惨败还是惨败。多少年后，历史学家还会寻找另外一些原因，但遗憾的是，这些原因无法解释其他大量战例。如果历史学家是诚实的，那么，他们就不会那么武断，而是会恭敬地把原因让位于一种无形的力量：气的选位。

按照寻常的逻辑，一门兄弟，五六个人，同样的血缘，同样的教育，近似的智商，近似的性格，应该取得差不多的成就了吧？但是，事实让人瞠目结舌：所有的才华和风光，全都集中于一人，其他兄弟皆属平庸。按照中国古代的一种说法，唯独此人被"灌顶"，所"灌"入的，当然是一种"元气"。

按照寻常的逻辑，地球之大，处处皆是自在生态，时丰时歉，时火时冷，十分自然。但是，完全出乎人们的预料之外，一个原先并不引人注意的地方，居然一飞冲天，百脉汇聚，连续繁荣数百年。数百年后，一切条件还在，却怎么使劲拽也无法重新振作了。人们说，地气转移，无可奈何。

……

这样的例子，可以一直举下去。

人们总能发现，生活中的大多数事情，总能获得通行知识和寻常逻辑的解释，但是，对于特别重大、特别奇特的事情，通行知识和寻常逻辑就不管用了。掌控其间，就是那气。

三

年轻时，我对"天地元气"这类概念并不上心，甚至把它们误解成违背现代科学精神的"方士大话"。后来，随着人生见闻的拓宽，未知世界的频现，无解经验的积累，内心渐渐发生了变化。尤其是，我原先立足的所谓"现代科学精神"也正在向宇宙引力场、广义相对论、量子物理学虔诚迈进的时候，我明白了过往的幼稚。

连那么多杰出的科学家也尚且处于兴奋的观察中，我当然无法对"天地元气"有更准确的解析。但是我已相信，它确实存在着，而且魔力无限。

我没有科学仪器和实验参数，却可以从大量的历史现象中来追踪它，从自身的感受中来领悟它。然后，做出自己的归纳。

于是，我要以认真的态度，谈谈自己对"天地元气"的认知。

"元气"，是一种孕育着巨大生命力的初生之气。初生不见得重要，就看有没有蕴含着一个完整的生命结构。如果有，那就可以称之为"有机生命"。

就像一棵小小的树苗，从胚芽开始就具备了生命的雏形。只要遇到合适的土壤、水分、空气、阳光而又不被破坏，就有可能长成参天大树。甚至逐步繁殖，经过悠长的岁月变成一片大森林。

这就是说，一种初生的元气，能让"小完整"变成"大完整"。生命的秘密，就在于此。

在"元气"之前加上"天地"二字，更让这种"元气"上接天宇，下接地脉，成为一种俯仰日月星辰、山川湖海的巨大存在。历来陪护"元气"的高人，总是"上观天文，下察地理"，使"元气"永远与天地相融。中国几千年哲学的归结点，怎么也离不开"天人合一"。其实，这也正是历代智者对这种恢宏布局的集体朝拜。

四

"天地元气"培植的一个个生命体渐渐成长，整个过程总是从容不迫。既表现出一种奇特的坚韧，又表现出一种奇特的秩序。

由树苗变成大树的过程，即便处于荒山野岭，也一步不曾懈怠，一步不曾紊乱。似乎有一种见不着的能源在向它们输送，又有一种见不着的计划要求它们服从。

如果把目光从树移开，看看旁边的奇花异草，飞禽走兽，也莫不如是。只要是长好了的，总是一步不懈，一步不乱。

这就可以揭示"天地元气"的两大构成了："大能量"和"大秩序"。

只要是"天地元气"的所在，稍加观察，就能发现这两大构成的高度配合，相辅相成，不息运行。

其实，这两大构成也来自更大的空间、更长的时间。

如果没有"大能量"，宇宙如何诞生？天体如何运行？人类如何出现？时间如何延伸？但是，如果没有"大秩序"，宇宙如何维持？天体如何不乱？人类如何进化？岁月如何长续？

天文学家的种种艰深探测，说到底，其实都在研究宇宙间"大能量"和"大秩序"的状态、关系、纠葛、冲突、协调。

说小一点，在地球上，不管何时何地，只要"天地元气"光临了，那就一定会同时带来强大的能量和强大的秩序。离开了能量，秩序是一种萎靡的安排。反之，离开了秩序，能量是一种错乱的狂流。

能量使秩序不至于因无力而瘫痪，秩序使能量不至于因失控而自残。两相结合，一种强盛而又健康的力量就涌动起来了。

因为来路很大，落在再小的地方也还是不损其大，仍然可以称之为"大能量"、"大秩序"。即便是一朵小花，寂寞地开了又谢，不改其色，不落其形，那也就是蕴含着"大能量"、"大秩序"。

这件事情也可以反过来说。一个地方，一个团体，如果"元气"泄了，那么，细查之下，一定是能量弱了，或者是秩序乱了。这两方面，又会互相牵扯，造成恶性循环，共伤"元气"。

能量为什么减弱？很重要的原因，是当事者过于自信，把自己看成了"能量源"，忘记了从天地得力，从天地取气。中国古代皇帝，集权一身，号令九州，但他们又懂得谦恭地设立"天坛"和"地坛"，敬祈叩拜，为朝廷汲取能量。他们还会封山、祭海，作为敬祈天地的延伸。他们知道，自己所集之权并不是终极之权，自己所发之令并不是终极之令。最后行权发令的，还是天地。天地所行之权、所发之令，历来高深难问，但效能无可抗拒。一旦显现，必须遵循。

历史文献告诉我，决定中国朝廷兴衰的最终力量，是气候和生态。这也是天地的语言。

不妨引述我的一段文章："从最近的五千年来说，这片土地开头一直很温暖，延续到殷商。西周冷了，到春秋战国回暖，秦汉也比较暖，三国渐冷，西晋、东晋很冷。南北朝又回暖，暖到隋、唐、五代。北宋后期降温，南宋很冷，近元又暖。明、清两代，都比较冷，直到民国，温度上去一点，也不多。"

这是指"天"。如果要讲大地生态，那么，不少朝代大规模地砍伐林木营造都邑而致使水土流失，便是南北迁徙、战场转移、中心滑动的重要原因。

我们的历史书籍讲了太多的霸业和谋略，其实那只不过是天地的闲笔。

因此，我成了一个永远的流浪者，长久地置身于天地山水之间。

比能量更神奇的，是秩序。

连牛顿、爱因斯坦这样的大科学家都对天体运行的精妙秩序惊讶不已，不得不把终极解释交给宗教精神。其实，除了天体，还有人体，以及动物、植物、微生物，它们的生存秩序和运行秩序，我们至今只能描述状态，不能说明成因。

因此，天地间的秩序，是一种人们只敢观察、服从，却不敢妄动、玩弄的伟大安排。

日月星辰，春夏秋冬，男女雌雄，生老病死，都是秩序，都是安排。

秩序是对活体而言的，因此体现为一系列运行规则。

例如，以下几项就是天地秩序对于一切活体运行定下的规则，因此也可称之为"运行秩序规则"——

规则之一，是不停滞、不重复的动作顺序；

规则之二，是不封闭、不相克的互补关系；

规则之三，是不单进、不独重的平衡格局；

规则之四，是不伤害、不互残的安全底线；

……

这么多"不"，常常也会突破，但秩序之手却会及时修补或调整，使运行回归正常。

在庞贝古城的遗址，我看到千年颓墙边绿草如茵、鲜花灿烂，非常感动。突然降临的灾难是暂时的，这片土地的生命秩序还顽强地潜藏了千年。当初也有无数绿草、鲜花一并掩埋在火山灰下，但只要生命秩序还在，那么，迟早还会光鲜展现。连色彩、体形，也忠贞如初。被掩埋的生命秩序，远比那些火山灰长寿。

在庞贝古城的遗址，我看到了"大能量"和"大秩序"的比拼。一度，在那个昏天黑地的日子里，似乎"大能量"压过了"大秩序"，但时间一长终于发现，情况未必如此。经由时间加持，"大秩序"还是控制住了"大能量"。除了那些绿草、鲜花之外，就连现代人的勘探、发掘、复原、研究、参观、传扬，也都是"大秩序"的作为。结果，庞贝的能量辐射全世界，进入无数的教科书，而且是在千年之后。于是，比拼的结果出来了：只有两者相加，互融互依，才有不溃的生命，才有"天地元气"的长驻。

五

就个体生命而言，对"天地元气"的认知，使我们变得更加卑微和谦恭，又使我们变得更加宏大和厚实。

我们是天地指令的倾听者、服从者、执行者，因此也成了天地指令的人格化身。即便我们受挫、蒙冤、遭灾，也知道是天地的自然安排。这就使我们不执拗、不争夺、不悲伤、不自恋，而总是显得敬畏、随顺、积极、自在，而且还有某种神秘感。

由于我们确认自己是天地之子，于是也就成了得气之人。得气之人不存在个人成败，他们的命运，也就是世间大运的一部分。

大运之行，山鸣谷应；大运之伴，日月星辰。

本为一体

一

上文《生存基点》已经说到，只要稍知宇宙天体，任何人都能明白人类的极度渺小和极度短暂。

既然如此渺小和短暂，如果还不视为一体，那就什么也不是了。

视为一体，并不仅仅是体量的增加。说实话，把很多渺小加在一起，仍然是渺小；把很多短暂加在一起，仍然是短暂。

视为一体，是人类自身的精神加持，是生而为人的互相确认，是对"活着"这件事的意义证明。

视为一体，并不仅仅是一种视角，而是有着强大的事实基础，那就是：我们本为一体。或者借用佛教中"同体大悲"的说法，我们本为同体。

我们有千千万万条证据，证明人类的共性。且不说与那些至今尚未谋面的外星生灵相比了，仅说地球上，与那么多不同种类的动物、植物相比，人类实在说得上是最坚实、最准确的"一体"。硬行分割，反而极不自然。

本为一体，那是多么重要的真理。但直到今天，请看人类的舆论领域，有多少话语涉及这一真理？说来说去，全是种族纷争、宗教纷争、党派纷争、地域纷争。而且，同一个种族也纷争，同一个宗教也纷争，同一个党派也纷争，同一个地域也纷争。

本为一体，当然里边也有差异。种种纷争，就是把差异无限夸大，直至势不两立。其实，差异只是互相惊喜的理由。

南非大主教图图说了一句最普通的话"我们欣赏彼此差异"，居然让世界一惊。其实，这是人类本为一体的题中之义。

如果连人类本为一体的真理也不能成为共识，那么，渺小的人类确实失去了存世的理由。

二

我在新疆的文友周涛先生曾写过一段有趣的文字，被我多次提及。他写到，在茫茫大沙漠里，两只小蚂蚁从不同方向爬来，见面了。但是为了矜持，居然没打招呼。此后，它们还会独自爬行很久很久，却一直在后悔：当时怎么没有拥抱一下？

这当然是在比喻人类。大沙漠和小蚂蚁的体量差异，会让人类联想到自己在世界上的景况。

在"文革"灾难中，我家的长辈被关押、被逼死，一片惨状，我自己也被发配到外地农场劳役。有一天下雨不出工，我请假到一个很远的小镇给妈妈寄信。回来时已是夜晚，突然狂风暴雨。寒冬季节，我衣着被淋湿后浑身颤抖，在一片泥泞的旷野中已经找不到路了。四周完全没有村落房舍，我在摸爬挣扎中已经用尽了最后的气力。但就在这时，在朦胧中隐约见到一个破亭。赶紧爬到那里，惊喜地发现那里还蹲着一个老年人。我问他，他不说话，只伸出手来递给我半片硬馒头。我又饿又乏，两口吞下，立即有了力气，便大声感谢他，他还是不开口。我判断他是哑巴，但大风大雨的夜晚为什么蹲在这里？怀疑他也许是小偷，但在家家户户都一贫如洗的当时农村，并无东西可偷。因此，我转念一想，他很可能是被"扫地出门"的"阶级敌人"，这也算是他不开口的理由。过了很久，风雨小了，我也依稀找到了破亭边的路，便继续上路。向老人道别，他还是蹲在那里，完全没有回应，像是睡着了。

　　然而，那个晚上，他对我非常重要。在天地不容的生命挣扎中，我只想找到一丝"人迹"，他出现了。及时递过来半片硬馒头，正是他作为人的全部印证，不管他是什么身份。在那昏天黑地间，他是我唯一的同类。

　　很多年后，我在考察人类文明的过程中，也曾一再遇到过这种只想找到一丝"人迹"的困境。例如，在中东沙漠中旋进了"沙尘暴"，在冰岛的大雪中迷路旷野，都曾苦苦寻找人影。果然，只要有人出现，就必定施救。

　　毕生的经验告诉我，凡是遇到了终极困境，我们企盼的只是人，与我们"一体"的人。那种与我们毫无关系，却在突然出现后证明与我们"一体"的人，让我一次次感受到生而为人的温暖。

由此可见，确认全人类本为一体，虽不会增加人类的空间体量和时间体量，却提升了人类的文明体量和精神体量。

三

几年前曾经流行过一个有关人际交往的结论：当代世界的每一个人，只要通过七层转递关系，就能找到地球上任何一个角落的任何一个人。后来，有人做过大量试验后又减少了一层，说通过六层转递就够了。

这个试验不知如何操作，我未曾实践，但我对这个结论深信不疑。大千世界，只需画几条线，就能全盘贯通。

这在凶吉祸福上，也是如此。

乍一看，凶吉祸福散落在各处，互不相关。很多人还会遥望着别人的遭遇而羡慕嫉妒，或幸灾乐祸。殊不知，只要几度转折，别人的遭遇都会与自己拉上线、接上脉。其中每一条线、每一支脉，都证明着人类本为一体，别无例外。

人类中即使那些让我们憎恨的部分，刨根追源，也与我们有关。甚至，是我们的一个组成部分。

这也就是说，世界是一种整体存在，人类是一种整体存在。任何一处悸动，都会震颤整体。

现在大家渐渐明白了，一个小地方的一家小工厂，它所排放的废气都会汇入满天雾霾，雾霾改变了空气成分，导致地球暖化、冰层融化、海平面上升……由此造成的灾害，威胁着全人类，威胁着离那个小工厂非常遥远的地方。在这整个过程中，已经找不到任何护栏和边界，全都浑然一体。

有的地方可能还有自闭观念，觉得我们这里没有排污的工厂，没有太重的雾霾，没有融化的冰层，没有上升的海面，因此可以"保境一方"。其实，明白人都会摇头，一切都以无形无影、无分无割的方式笼罩整体，哪个地方都不可能逃逸。

既然所有的毒害都危及整体，那么，倒过来，所有的整治也会惠及整体。

自然环境是这样，精神环境更是这样。

在大街上一顿凶狠的拳脚，在邻里间几句恶劣的辱骂，对社会心理的危害，超过人们的想象。因为这种拳脚和辱骂呈现了一种黑暗的生态方式，既会造成污染，又会引来报复，甚至挑动人们对生存攻防的负面解读。这中间，还夹杂着大量刚刚涉世的儿童旁观者。

当然，反过来，一切嘉言懿行，也会波荡开去，影响深远。

救起一个人，扑灭一场火，规劝一个浪子，搀扶一位老者……这些举动的正面能量，远远不止具体对象。

我们不必追踪一件好事的实际成果。它弥散了，扩展了，消融了，渗透了，成了人类世界的正面能量。

我们很渺小，但渺小的能量也是能量。积少成多，聚沙成塔。这塔，就成了地球上的正面风景，我们可以仰塔一笑。

四

在这里，我要特别说说大乘佛教对这个问题的总结。

前面曾经提到，大乘，是大乘具、大乘载，是一艘艘容得下众生的大船。天下一切较早觉悟的人，都应该开导众生，启发众生，劝告众生，让他们自愿脱离由欲望、占有、竞争所组成的苦海，走向解脱、愉悦、自在。

大乘佛教不赞成中国古代文人所追求的"洁身自好"。

不妨再度诵读我所喜欢的佛教八字箴言了：

　　无缘大慈，同体大悲。

且来解释一下。

"无缘大慈"——即便毫无瓜葛，也要给予大爱；

"同体大悲"——由于同为一体，必然悲欢与共。

合在一起也可以这样理解："无缘无故的大爱，一体难分的关怀。"

显然，这是大乘佛教让人感动的宏伟情怀。对我个人来说，也是精神安顿所在。

在这里，我特别要说说"同体大悲"中的"悲"字。

在中文佛教用语中，"慈悲"两字常常连在一起使用，来表达一种广阔的爱心。但细加分析，这两个字各有不同的重心："慈"，大致是指爱护众生，普施喜乐；"悲"大致是指怜悯众生，减少苦难。

"同体大悲"，让大家感受到人类在悲剧精神下所进行的一体化努力。

五

不仅仅是同代人的"同体大悲"，而且也与长辈、祖辈、先人、古人归于一体，一起在悲，这是多么令人震撼的事情！

为什么我们能感受到屈原自沉汨罗前的习习江风？为什么我们能听得到李白漫游山水时的匆促脚步？为什么我们能看得到苏东坡每次流放时的愁颜笑容？因为，我们与他们也本为一体。

一体，又构成了横穿时间的因果逻辑。我说过，世上有我这个人，有太多历史可能性，可能与宋代一个落水书生的被救起有关，可能与明代一场大战争的被阻止有关，可能与清代一家老私塾的恢复有关……，每一种可能，都能建立一种因果，却又不能肯定，于是又有了另一堆可能。

时间必须归于一体化的凝聚，这才是人类能从古代支撑到现代并指向更长时间的力量所在。否则，一直疲疲沓沓、时断时续，人类早就神散气涣了。

几十年前，我对几十个国家的文化哲学进行了大规模的比较研究，已经开始建立"一体思维"。当时，学术研究的时尚，是从各种"不同"出发，得出民族相异、时代相异、学派相异的结论。而我则相反，兴趣点全在"同"上，特别在意"异中之同"。我觉得不同地域的人类在尚未发生交流的时候，居然有那么多"不谋而合"、"不约而同"，实在是人性归一的证明，着实需要惊叹。

直到现在，我在考察古今中外各种文化现象时，只要发现相同之处，仍会欣喜不已，觉得自己触摸到了人类一体、人性不移的脉搏。而那些因时而异、因地而异的种种特征，我却兴趣不大，觉得那只不过是黑格尔在《美学》里说的"历史的外在现象的个别定性"。

六

"本为一体"的思想一旦建立，我们投向世界的目光就会立即变得柔和，迎向世人的表情就会顷刻变得亲切。

不仅如此，一切陌生的话题都变成了耳边细语，一切艰涩的历史都变成了窗下风景。即便是世上那些令人憎恶的污浊，也变成了自家院落里尚未扫除的垃圾。但是，正因为这些污浊将会祸及四周、祸及整体，心里也就更加着急，只想赶紧清理。

"本为一体"的思想一旦建立，我们的世界观就会发生整体改变。看淡对抗思维，看轻孤立主义，看破本位保护，看穿自许第一。说来说去，都是人类一家的事，即便是再远的地方出现了不祥的信号，也会切切关心。这样一来，我们就有了当家人的心态，守家人的使命，治家人的责任。而且，这个家很大，是世界的家、人类的家。

依我的经验，只要建立了"本为一体"的信念，就会很自然地多读历史，多走世界，尽力寻找与自己相同的"频率"。渐渐地，自己也就融化了，成了"一体"中的合格一员。

因此，"读万卷书，行万里路"，其实就是在一页页、一步步地确认"古代的自己"和"远方的自己"。

现在，人类奇迹般地迎来了互联网时代。这就从传输技术上迅速跨进了"本为一体"的时代。互联网上也有大量分裂、对阵、冲突、战争、威胁的信息，但从整体来说，"本为一体"已成为这个时代的第一话语。

相信善良

一

我们已经明白，人类本为一体，应该关爱众生。接下来的问题是：在人性底部，是否藏有关爱的潜能？

问题很大，直接指向"人是什么"。因此，不可随口一答，掉以轻心。

我在上文已经说过，脆弱的人类之所以还值得自重、自保，第一理由是具有其他物种所不具备的优势：善良天性。

请注意，我说的是"天性"，也就是与生俱来，而不是因为情势所需而不得不然。

如果人类确实具有与生俱来的善良天性，那么，关爱众生也就成了一种发乎本能的自觉行为。倘若如此，人类也就太高尚、太可爱了，我们身为其中一员，深感骄傲。倘若如此，我们来到世间做一次人，哪怕时间不长，也值了。

人，真有这么好吗？

答案居然是肯定的。

在中国古代思想家中，首先肯定人有善良天性的，是伟大的孟子。

他在《公孙丑上》中说："今人乍见孺子将入于井，皆有怵惕恻隐之心。"也就是说，一个人突然见到小孩子要掉进井里去了，就会立即惊动内心深处的同情，伸手拉住。这种内心深处的同情，表现为即刻迸发，既没有考虑到要讨好小孩子的父母，也没有考虑到要在亲朋中留个好名，更不是因为不想听孩子的惨叫，就本能地伸出手来了。

在孟子看来，只要是人，都会这样。因此，在那个井口及时伸出来的，是人类之手，天性之手。

除了井口的"恻隐之心"，孟子认为，人还有其他几项天性，那就是"羞恶之心"、"恭敬之心"、"是非之心"。

对这几种"心"，他进行了理论上的彻底包抄，主要是强调以下两个方面：

（一）这几种"心"，人皆有之，是全覆盖，没有例外；

（二）这几种"心"，唯人有之，是人与禽兽的最后界线。

"人皆有之"，加上"唯人有之"，这就直接通向了哲学意义上的人的本性。

顺着这个思路，孟子认为，人的很多才能和知识也是自然赋予的，不需要学习和思考就已经具备，他称为"良能"和"良知"。

他说：

人之所不学而能者，其良能也；所不虑而知者，其良

知也。（《尽心上》）

这就揭示了来自本性的两个特点："不学而能"和"不虑而知"。

那么，这种"人皆有之"、"唯人有之"、"不学而能"、"不虑而知"的本性，又来自何处？

孟子的回答很简单：天。

他把"心"、"性"、"天"这三个概念完全打通了，认为"尽其心者，知其性也，知其性，则知天矣。存其心，养其性，所以事天也"（《尽心上》）。

孟子还在这三个概念之间呼唤出了一种"气"，那就是"塞于天地之间"、"至大至刚"的"浩然之气"。

这一来，他让具有善良天性的人变成了"大丈夫"。

其实，这也正是"天地元气"在人格意义上所做的大文章。

二

孟子对人类善良天性的肯定，使我们联想到"性善"还是"性恶"的讨论。

"性恶"论的提出者是荀子。其实，孟子和荀子虽然同用一个"性"字，所指的范畴却并不相同。这也是中国文字的简约传统所造成的迷误。

孟子的"性"，是指人们潜于知觉之下的深层本性；荀子所说的

"性"，是指人们浮于世俗之间的生活习性。"本性"与"习性"，本来就不是一回事，而且两者还存在着互相摆脱的反相机制。

主张"性善"的孟子，表现出一个哲学家的高度；主张"性恶"的荀子，则体现出一个教育家的责任。

孟子着眼的，是人类与禽兽的区别；荀子着眼的，是人类内部的好坏区别。当然，前者更为根本。

人之为人，有许多不同层次的问题。孟子坚定地把最高层次作为自己的思考核心，永远在探询最初元、最完整意义上的"人"。因此，他所说的善良，不是道德、不是训条，而是本性、天性。

我们在"学习"善良的时候，必须明白：善良的教科书不在别处，而在自己的心底；善良的教师不是别人，而是自己。

三

为什么大家那么匆忙，总是没有耐心在"人"字面前多停留一会儿？大家绕开它，穿过它，无视它，只是快速进入那一排排对立的阵仗。这些阵仗，都是对"人"这个整体概念的分割。

"人"被分割了，人的善良天性也就无处栖身了。于是，世界变得狞厉起来。

因此，大家还应该回到孟子的那个井口。

其实，我们都有过孟子井口的体验。

一些平日看起来浑浑噩噩的人，突然遇到他人的危急，也会本能地伸手。

对此，我在二〇〇八年五月的汶川大地震期间感受颇深。地震发生的第一时间，成都市上千名出租车司机在没有接到任何指令的情况下，立即开车到都江堰重灾区义务抢救，"出租车"全都成了"救护车"。据成都的市民说，这些司机，平日被称为"的哥"、"的姐"，有时也"绕道收费"，印象并不太好，怎么顷刻之间全都变成了救灾勇士？显然，他们心底的一个暗窖被打开了。暗窖里藏的，正是他们连自己也不知道的善良天性。所以，那些天，这些"出租车"被"天"租用了，被"天性"租用了。

在救灾的壮举中，还有一些真正的英雄，平日居然是"不良少年"、"问题青年"。

他们心底的暗窖，也被打开了。

其实，此刻的他们，是始元状态的"人"。

照例，每个人都有可能回归珍贵的始元状态，但在平日，他们心底的暗窖都被封住了。一封住，就会对自己的天性茫然不知，对别人的心灵更是猜忌多多。

是什么东西把善良天性封住了？孟子已经提供了井口的答案。他肯定那个伸手救小孩子的人完全处于"无缘无故"的本能状态，所以才是真正的人。相反，那些被各种"缘故"、"理由"、"逻辑"支撑着的感情和动作，却背离了人的天性，不值得看重。不管在哪里救人，施救者都不应注意被救者的身份、血缘、亲情。一旦注意，就降低了救援的等级。在中国现代鼓吹"阶级斗争"的年代，做任何好事都要查询对方的"阶级出身"。那就是对善良天性的撕裂和封闭，根本说不上真正的好事了。

只要撤除封闭，我们就能发现，所谓"善良天性"，就是潜藏在心底的"无缘无故的爱"。

四

我很喜欢"大爱"的说法，这个"大"，就是无边无际、无缘无故、无穷无尽。

我们应该相信，自己有大爱的无限动力，千万不要用重重叠叠的井盖、绳索、围栏，把这种与生俱来的无限动力堵死了。

在这点上，我们应该以人类的名义拯救自己，以天性的名义释放自己。

大家不妨静下心来细细回想一下，我们从小到大，曾经对多少不同的生命形态倾泻过欣喜、怜惜和同情？这就是我们善良天性的证据。何不一一捡拾起来，细细拼合，重建自己对善良的自信？

对善良的自信，也是对生命品质的自信，对人生价值的自信。

即便在儿时，你曾经舍不得花蕊枯萎，花瓣脱落；你曾经舍不得蝴蝶离去，蜜蜂失踪；你曾经舍不得小猫跌跤，老牛蹒跚；你曾经舍不得枫叶满地，晚霞退去。

即便在儿时，你喜欢看阿姨们花衣缤纷，你喜欢看叔叔们光膀挑担；你不忍听小孩子因饿而哭，你不忍听老人家因病而泣。

这一切，谁也没有教过你，你所依凭的，只是瞬间直觉。这些可贵的瞬间直觉，便是善良天性的无意泄露。

待到长大之后，你在重重社会规范的指引下学会了无数套路，天籁渐失，童真渐远，心肠渐硬。有时，甚至还会铁石心肠，干下一些事情。时间一长，你甚至怀疑自己是否储备着足够的善良天性。深夜扪心，觉得还有储备，却已经不知道在什么时候，以什么方式奉献出来了。

终于，你娴熟了处世规则、制胜计谋、生存韬略、公关秘诀。这每一项都让你殚精竭虑、心智充塞，却很难再有善良天性的地位。

因此，王阳明先生提出了"致良知"。良知是藏匿深处的善良天性，王阳明先生确信它的存在，要求把它采掘出来。这个"致"，就是推开种种堆在上面的规则、计谋、韬略、秘诀，一下子找到暗窖之门，打开，捧出，展现出来。然后，整个景象就会让自己和别人都非常惊喜，居然是光彩熠熠，云蒸霞蔚。

据说，很多人进了监狱，原先堆在暗窖门上的种种东西都被"没收"了，才流着眼泪打开那道门。这有点迟了，他们终于记起原来自己曾经有过的善良天性。但其实还不算迟，只要打开，捧出，生命品质又出现了，与世界上每个人沟通的渠道也疏浚了。虽然身陷囹圄，却已心灵复归，比在外面的志得意满，更像个人。

对多数人来说，当然不必在这种困境中才"良心发现"。随时随地，都可以停步冥思，发现良心，发现良知，发现天性，发现自己。

一个人，其实并没有自己想象的那么成功和狼狈，却可能比自己想象的更善良、更优秀。

善良天性的一个基本特点，就是由衷地欣赏和赞美一切生命。

不管这个生命处于什么状态，是稚嫩还是衰老，是粗粝还是精致，是偏侧还是端正。

欣赏和赞美，并不是指包容和宽待。

包容和宽待，出于居高临下的气度；欣赏和赞美，出于没有隔阂的真爱。

例如，对待家人，包容和宽待当然比吵架和分离好。但是，倘若宣称要对家人"包容和宽待"，说明这个家庭已经缺少真爱了。

有人说，这中间的分际，在于自己与家人之间的差异。有了差异，我们才要包容差异，宽待差异。这种说法，经常听到，好像也表现出很有肚量，其实包含着很大的问题。

正如前面说过的，差异，并不是我们"包容和宽待"的对象，恰恰是我们欣赏和赞美的重点。

人们由于太自我，常常会把这种差异看成是别人的"缺点"。其实，这种所谓"缺点"，很可能是自己的"缺漏"。或者，是欣赏所必需的距离，赞美所必需的等差。

一个不错的丈夫在暗暗自语："妻子不错，但有三方面的缺点，我应该宽容。"但是，我要请这位丈夫再往深处想一想，说"三方面的缺点"，以什么为坐标？真是缺点吗？为什么不把它们当作特点，来细加品味？如果反过来，妻子也能把你的所谓"缺点"当作特点而满眼喜悦，你们的关系是否会升上一个新的台阶？

我再说一遍，差异不应该被"宽容"，而应该被欣赏。正因为有性别差异，人间才有生死爱情；正因为有代际差异，人间才有思亲泪痕；正因为有文化差异，人间才有琅琅书声；正因为有城乡差异，人间才有不同风景；正因为有日夜差异，人间才有朝阳繁星……

请记住，一切对差异的"宽容"，正体现了我们心志的狭隘。换一种思路就会明白，我们自以为被"宽容"的对象，往往比我们更伟大。

你看，很多人由于喜欢高山峻岭，因此也"宽容"了前面的茫茫沙漠。但茫茫沙漠哪里要谁"宽容"？它的宏伟苍凉正是大地的本义。

很多人由于喜欢碧水海滩，因此也"宽容"了夜间的惊涛骇浪。但惊涛骇浪哪里要谁"宽容"？它的豪迈声势正是大海的真相。

总之，我们没有资格在各种差别间挑剔、批判，而是更需要对不同生命形态的欣赏和疼爱。

五

如果我们能对不同的生命形态欣赏和疼爱，那么，生命与生命之间的天性也就会积聚在一起，熔炼成一体，锻铸为一种强大的"集体念力"，无事不成。

这也就是以善良为契口的"正能量叠加"，足以创造世间奇迹。

我至今仍然不太相信那种拟人化的超世神力，一直期待着更多可靠的证据。但是，对于以善良为契口的"正能量叠加"所创造的世间奇迹却深信不疑。有些佛庙、道观很灵验，我觉得秘密不在于那些塑像，而在于千年朝拜者的意念凝结。那么长时间，那么多信众所奉献的虔诚，已经构成了一个力学气场，所产生的结果让人惊叹。

力，不仅仅是一个物理学概念。当它进入心理学领域，那就会出现物理学仪器很难测定的运行图谱。

我们未必有机缘参与救灾壮举，平日可做的，也就是把点点滴滴的善念、善行积储起来，投入正能量的溪流。而且，不让这溪流阻塞和污染，而是干干净净地去寻找别处同样的溪流。

找到了，汇合了，最后是否能汇集成长江大河，润泽大地？那就只能祝祈了。祝祈也是一种念力，因此也是一种投入。

总之，相信善良，秉持天性，点点滴滴，日积月累，这是人生最美的出路。

我在哪里

一

这个问题，看似愚钝，却是深邃。在前面叙述中已多次接近，却未深入，让给了此刻的笔墨。

在各种宗教哲学论述中，"我"这个概念，有时显得非常重要，有时显得很不重要。那么，我们应该如何发落它？"我"，应该放置在哪里？

二

在哲学上，"我"，是一个可体验、可信任的思维主体，足以否定一系列不可体验、不可信任的"伪思维"、"伪主体"。在这个意义上，"我"非常重要。

但是，思维主体并不是本质主体。"我"在否定"伪思维"、"伪主体"后，本身也受到了质疑。

"我"的本质是什么？"我"究竟有没有稳定的本性？受过这种质疑后，"我"的重要性就产生了动摇。

　　这就是说，一个健全的人，先要找到"我"，然后放逐"我"。先得"我"，再弃"我"。

　　得"我"，体验个体生命；弃"我"，融入天地宇宙。

三

　　先说说必须寻找的那个非常重要的"我"。

　　这个"我"，在魏晋名士、禅宗、心学那里，常常表达为"自性"、"我性"、"我心"，有时干脆就直言"我"。例如"我就是佛，佛就是我"，"我心慈悲"，"舍我其谁"，"世间有我，顶天立地"，等等。

　　但是，不管怎么表达，都很难从中引申出自私、自傲、自封、自狂的负面意味。

　　这是因为，这个"我"，以肯定个体生命的方式，抵拒了种种"理念欺诳"。

　　"理念欺诳"，大多是以崇高、庄严、渊博、济世、治国、启民的形态出现的，变成了传统价值、公共话语、道德标准、裁判规范。众多的人群，都在它们面前匍匐、攀缘。

　　正是在这种情况下，一个小小的身影出现了。他抬起头说："你们的千言万语，都离开了个人，离开了人心！"

　　"何以为证？"权威的声音在质问。

　　"以我为证！"那个小小的身影只能以自己作为标本。

是啊，唯一的标准只是"我"——

这个"我"，以直捷而单纯的生命体验，足以戳穿那些欺世的空泛理论。"我"心里滋生不出这些概念，"我"自己体验不了这些教条，"我"个人领会不了这些训示，"我"内心服从不了这些禁忌……，我、我、我，这么多"我"，无非是拼将个体生命，实现一次不对称的反抗。

不仅是反抗，这样做还提供了一条勘破欺诳的准绳，那就是个人的内心依据。

"我"在这里，是一口井，直通深处的地脉。井口虽小，而地脉极广。

因为"我"是切切实实的个体，比较容易引起其他个体的共鸣。因此，以"我"为入口，来否定庞大的"理念欺诳"，是一种有效的选择。

在这一层面上，无论是哲学还是美学，都会肯定"我"、推崇"我"。有"我"，也就是指有个性、有生命、有体温、有深度、有灵魂。

在这一层面上，我们喜欢结识那种有性格、有脾气、有偏重、有骨骼的"有我之人"。因为这些人具有挣脱"理念欺诳"的自然倾向，比较真实，也比较可爱。

总之，在这一层面上的"我"，非常重要。

四

"我"，除了可以否定"理念欺诳"外，还可以收纳乱世人心。也就是说，"我"不仅具有否定性，而且具有建设性。

在茫茫乱世间，芸芸众生太需要一些光照，太需要一些声音，太需要一些指引，太需要一些标杆。因此，需要一些"我"出来承当。

承当其间的这个"我"，可能会比背后那个真正的人更优秀、更坚强一点，那正是为了安慰芸芸众生的期盼。

在社会的重心经常解体的情况下，人们只怕在失重状态下摇晃生存，因此迫切地向周围寻找和投注值得信赖的对象。向周围投注信赖，就像向周围投掷缆绳那样，是他们克服失重和摇晃的办法。

正是在这种背景下，一个个偶像化、榜样化的"我"，已经上升为信赖的缆绳。

五

但是，这个"我"，真是我们心灵安顿的终极所在吗？

因此，我们终于要面对一些最棘手的难题了。

"我"是什么存在？

"我"在哪里？

"我"从哪里来，又到哪里去？

——这些问题，一问出口就觉得怆然而凄凉。但是，问了一万遍也找不到答案，因此更加怆然而凄凉。

无论从何种意义、何种角度看，"我"都是一个虚设。

"我"是那个名字吗？不是。在浩如烟海的文字中，那是两个或三个汉字的偶然组接。从电脑上查，同名者不少。即使独一无二，那几个字也只是外贴的符号，一点也不能说明"我"的实质。请看传媒上经常出现的罪犯名字，都响亮而吉祥，一点也不比我们的名字差。

"我"是一份履历吗？不是。履历是一排脚印，脚印不是人。一个农民走过一条辛苦的长路，开过两家小店，种过一片玉米，出过几次远门。但显然，小店不是他，玉米不是他，远门不是他。加在一起，也不是他。很多人喜欢把风尘仆仆的经历当作人生经络，其实是把那些风尘当作了生命。

"我"是一堆身份吗？不是。身份是座位前的纸牌，再多的纸牌也堆不成一个人。纸牌也可能决定着座位的主次前后，但座位只是座位，木质的，或塑料的，并不是人本身。一个人必定坐过很多座位，一个座位必定坐过很多人。这也就是说，任何座位和任何人之间，没有稳定的意义。而且，座位本身也随时可能散架或消失，更不必说放在前面的纸牌了。如果最后把这种身份纸牌移到墓碑上，那也只不过是把坟墓当作了座位，由木质的、塑料的，改成了石质的，移到了草丛之间。

"我"是一种声誉吗？不是。声誉只是当事人的希望，比脚印和座位更加虚幻。阅尽中外资料，在著名人物中，社会声誉勉强符合当事人希望的，在比例上微乎其微。勉强符合历史事实的，也极为稀少，但后人连校正的兴趣也没有了。如果有一个学者出来校正，必有其他学者起来辩驳，但民众完全不在乎这种吵闹。所谓"口碑"，更是在资讯不发达时代少数文人的"口水"，既不可能验证，也不可能长存。因此，一切为声誉活着的人，都活得非常虚假，因为他们把别人的口水当作了自己的生命。

"我"是这副躯体吗？不是。躯体被中国古人戏称为"区区五尺"、"皮囊肉身"，由一系列感知器官组成，而佛教又认为那些感知极不可靠。人禽之别在于精神，而人的躯体却必然会处处与精神叛逆，因为它严重地受制于机能、欲望、疲劳、伤残、衰竭、死亡。因此，这副躯体不可能成为"我"的真正代表。

确实，诚如佛教所言，"我"是一种没有自性的空相。

前面说过，"我"像一个井口。但是，由"我"入口，井底没有"我"。

没有"我"的井底，比"我"宏大，比"我"重要。因此，"我"被放空了。

只有人类，才能进入这种"自我否定"的涅槃境界。这不是"我"的悲剧，而是人类的圣洁。

于是，一些高层智者进入了一个更峻峭的精神高地：无我。

"我"，曾经那么精彩，而到头来却自我消解。这就像一脉水流，负载过轻叶，负载过重木，负载过竹筏，负载过船楫，而到了江河宽阔处，水流融入了大海，不见了。又像一股清风，裹卷过白云，裹卷过鸟鹊，裹卷过旗幡，裹卷过风筝，而在满天热闹的时候，风找不到了。

六

"无我"，是一种宏观思维的自然导向，但对社会上的多数民众来说却很难达到。

多数民众，愿意过"安分守己"的寻常生活。所谓"安分守己"，就是在他人的缝隙中寻找我是谁。但是，既然是"他人的缝隙"，就会时时碰撞到他人。一碰撞，就必须守护自己的生存空间。然而，他人也都在这么做，于是摩擦不断，冲突不断，烦恼不断，嫉恨不断。环视日常生活，从官商高层，到邻里市井，莫不如此。谁都想"安分守己"，却谁也做不到。

民众中那些能力较强的人，不满足于"安分守己"，想用自己的力量改变环境。他们很可能成功，但也随之产生与他人更尖锐的冲撞。

这就是说，本想守着"我"而跋涉人生，却总会遭遇丛丛荆棘。本想抱住"我"而不骚扰别人，到头来还是伤痕累累。

因此，守着"我"，抱住"我"，都没用。唯一的出路，是把"我"看空。

七

把"我"看空，也就是放弃对"我"的执着。

这是精神的一大解放，心灵的一大解脱。

"无我空境"，是世间人生的最高境界。

无我，让自己由世俗之人变成了天地之人，腾身界外，气度悠悠。

无我，让自己放逐了年龄，放逐了履历，放逐了身份，成了一个不会衰老，不怕搜索，没有上级，没有下级的全然通脱之人。

无我，让自己没有亲信，没有闺密，没有同党，没有帮派，成了一个"四海之内皆兄弟"、"九域之中无仇怨"的彻底开放之人。

无我，让自己无避损失，无避病痛，无避死亡，成了一个能够面对一切祸害而不会奔逃的大勇大健之人。

无我，让自己看淡专业，看淡地域，看淡血缘，看淡国别，成了一个翱翔天极而不觉陌生的融合万方之人。

"无我空境"，疏疏朗朗地成了天地元气的流荡之境。这就像未被雾霾污染的天宇，看似不着一物，却让万物舒畅。

日常心态

一

经过终极思考，还要回到日常生活。

起点和终点"首尾相衔"，构成了具有神奇生命的八卦涡旋。如果起点和终点分列两端，永不见面，那就成了一条寒碜的单线，时时有可能断裂。

因此，我们就要在本书结束前说一些"日常心态"了。这是一种"深入"之后"浅出"的家常口语。只要读过前面的章节，一看就明白。

二

一个人经历了修行的长途，日常心态与以前会有什么变化呢？

我们经常看到一些修行者，明明活在今天，却在大城市里穿着芒鞋，披着麻袍，捋着长须，说着他们想象中的那种半通不通的文言文，拒绝理发，拒绝洗澡，拒绝与一般人谈笑。这样，他们就把修行当作了一种剥离日常生活的显摆，在基点上就搞错了。就像一条鱼，本想选一种更特别的游动姿态，却一下子弹跳到了沙岸之上，孤傲而又垂死地看着其他鱼群"随波逐流"。那波，那流，就是日常生活。

但是，既然修行了，确实也不能继续像往常一样"随波逐流"了，而必须有所脱离，有所放弃，有所断灭。也就是说，应该产生常人所不易获得的"断见"。在"断见"和"常见"之间取一个"中道"，那是公元三世纪印度佛教哲学家龙树的意思，也是公元前四世纪希腊大学者亚里士多德的意思，更是公元前六世纪中国孔子的意思。

那些在现代城市里讲文言、不洗澡的修行者，走了"偏道"。那么多古梵文、希腊文、甲骨文、竹简文都在劝他们，但他们听不懂。

可见，修行者未必是觉悟者。

三

那么，觉悟者在日常生活中有哪些心态？

且分五点来略加阐述。

觉悟者的日常心态之一：**回归家常**。

我在上文论述禅宗时已经说过，世俗生活正是天地万物的一部分，处处体现了真如天性。因此，真正的觉悟者大多会回归最家常的生活，亲自烹茶煮菜，而且颇为专注。写诗作文，也不再空论大势，而喜欢描摹起居。

觉悟者回归家常，甚至留心茶炊，是基于两度看穿。第一度看穿，是看穿了世间对种种高论伟业的盲目追赶。这种看穿，大多让自己成了种种高论伟业的背叛者、嘲谑者、拆卸者，而回归强硬的个性立场。但是很快发现，这种个性立场也很值得怀疑，因为"我执"也是一大迷误。所以就有了第二度看穿，看穿了个性和我执。这两度看穿，使生命既摆脱了一座座追随庞大的空中楼阁，又摆脱了一座座自闭小我的空中楼阁，真正落到普通生态的土地上，寻找日常生活的扎实底线。因此，他们端起了茶壶，点起了火炉。

　　对很多人来说，喝点什么，吃点什么，这种日常生态，在孩童时代非常看重，但到了青年时代就不再成为人生重点，好像人生的目标不在这里。但是等到真的彻悟，才发现生命的最高形态就是日常形态。

　　这种"否定之否定"的提升，正符合我在前面讲禅宗时提到过的青原惟信的"三段论"：初看山时，见山是山，见水是水；及至后来，见山不是山，见水不是水；到最后，依然又回到见山是山，见水是水。借用他的说法，寻常茶炊，正是第三度山水。

　　从高扬的社会理念，执着的个性理念，回到家常的生态，这个转变非常重要。麻烦的是，那两种理念都生发得连篇累牍，而家常的生态没有理论，怎么能够取而代之？按照一般的学术习惯，一种理念不行了，就会由其他理念来替代。但觉悟者明白，其他理念也大同小异。不如走出理念的迷魂阵，回归成一个最质朴的自然人，轻轻松松地喝点什么、吃点什么。

　　喝点什么，吃点什么，还要仔细看看亲人是否有点疲倦，花盆是否应该浇水，厨房是否需要整理……琐碎，却是人类生存的老命题，大命题，初始命题，终极命题。我们只要依傍着它们，就会觉得双脚落地，很难再被花言巧语拉得太远。由此，我们也能对世间的种种是非之争、个性冲撞保持一种钝朴的旁观状态。即便旁观也不认真，因为深知我们旁观到的一切都未必属实。因此，只用眼睛的余光轻扫一下，然后立即让关注点回到杯盏。

觉悟者的日常心态之二：**脚下无界**。

很多人对"觉悟"有一种误解，以为那是突然明白了自己在各方面的定位。

其实，这只是被动认知，而不是主动觉悟。

被动认知，使自己谨小慎微；主动觉悟，使自己跨疆越界。

生命的精彩恰恰在于跨疆越界。

你如果年轻，可以选择一切志愿，进入各种领域。一个领域走不通了，又可以腾身而出，进入陌生的天地。即使退休了，还可以弥补在职时的种种遗憾，把世界地图上的任何一角当作下次抵达的地点。至于孩子们的去向，那就更加自由了。家长千万不要为他们划出"定位"。无数经验证明，凡是早早地为自己、为孩子划出"定位"的，大多会陷入平庸的悲剧。

在觉悟者眼里，一个物理学家写了一部畅销小说，一个诗人同时又是考古学家，一个外科医生成了地方长官，都是正常现象。古人说"术业有专攻"，却并未否认很多"专攻"可以集合于一身。例如苏东坡，顶级词赋作家、顶级诗人、顶级散文家、顶级书法家，而且，还是一个够资格的水利工程学家、佛学家、医学家、美食家。这样的例子，还可以举出许多。令人惊讶的是，他们所处的环境，远比我们今天保守和封闭。

可见，不管哪个时代，只要是觉悟者，就不会在出门前先到窗口窥探外面有多少竹篱、石栏、荆墙，然后缩手缩脚，而是会用双手推开大门，遥望一下长天大地，毅然迈步。

他们心间无阻，脚下无界。

觉悟者的日常心态之三：**不问拳脚。**

觉悟者心中没有竞争的对手，更没有永久的敌手。

几乎所有陷于对立的人都会辩解："不是我要对立，而是事先受到了威胁"；"我不制造对立，也不躲避对立"。问题是，对方也都这样说，构成了一个"推卸责任的轮盘转"。

觉悟者有时也会从中调解，却不会偏袒。只要求各方立即斩断"不能不对立"的具体理由，重建"不应该对立"的宏观理由。

在这个问题上，还会遇到一些难题。

人类本为一体，但也有一些人明确走出了"一体"之外，成为"反人类"的邪恶势力。这就碰撞到了孟子所严守的"人禽之分"和"人兽之别"。这种邪恶势力以危害人类为最高目的，人类为了自卫，当然必须反击。而且，是全人类共同的反击。

但是，由此也产生了两种偏向：一种偏向是，把这种"反人类"的势力也纳入人类的"一体"之中，予以包庇，例如当代日本政客对于"南京大屠杀"的态度；另一种偏向是，把许多对立者贬斥为"反人类"，予以讨伐，诱使很多民众陷入"造敌运动"的旋涡之中难于自拔。

在觉悟者看来，除了"反人类"的特例外，人类内部的各种对立大多被夸张了、描浓了、滞涨了，需要从根本上清除。

只要是觉悟者，就不会轻易动用"恶魔"、"世仇"、"死敌"这样的概念，也不会轻易抛出"不共戴天"、"有仇必报"、"有你无我"这样的狠话。他们也会生气和愤怒，但在本性上，都是彻底的和平主义者。

他们也会明快地判断世间的各种善恶是非，但全部判断的最后标准，是求得天下太平。

在精神领域，他们不藏兵器，不使棍棒，不问拳脚。

觉悟者的日常心态之四：**百事无避。**

无论是气候变化、地质灾害，还是国际形势、亲友病情，都在不断告诉我们，世事难料。

无常，是必然；有常，是偶然。

顺着这个思路，大家对于种种"人生规划"，也不可依赖。

因为，一切都不可预测，一切都超乎想象，一切都难于部署，一切都猝不及防。某些看似可预测、可部署的部分，都只是浮皮表象的勉强连接。

我们不期待好事，也不拒绝坏事。

"我知道你会来，早在这里等着，看你是什么模样，用什么手段，我都准备了。"

"不管你是一个人，还是一堆事，不管是要伤害我、提防我，还是结交我，我都准备了。"

——这是觉悟者的心声。

这样的觉悟者看起来并不强大，却百事无避，无所畏惧。

恐惧，是人类最常见的心理魔障。它因为担忧生命脆弱而使生命更加脆弱，它因为躲避凶恶逼近而使凶恶提前逼近。它所悬挂着的，是尚未到来的可能。由于尚未到来，心中的悬挂就更加沉重。觉悟者摘下这种悬挂，平静地准备与尚未到来的一切厮磨。

不猜测，不臆想，不逃避。火来水浇，水来土挡，照单全收，悉数认账，得失利钝，不在话下——有了这种心态，任何恐惧都会烟消云散。

常见一些喜欢高谈战略的人，话语流畅，形象很好，但是一旦遇到校舍倒塌、食堂中毒、醉汉闹事、父母急病这样的事情，往往束手无策，立即变成了搓手顿足的无用者。

觉悟者正好相反，平日并不出色，也没有什么痛快言辞，一旦遇事则立即火眼金睛、身手敏捷，抓住关键，解决问题。原来，他们由于对"无常"的确信，做了"无限"的准备。他们在心态上，建立了一条似有似无，却无时不在的心理防线。

只有这样的觉悟者，才能在危难时刻被众人信赖。先是被家人、朋友、同事、邻居信赖，后来又被陌生人信赖。据老辈说，战争时期，一遇轰炸，街坊邻里都会钻防空洞，但在防空洞里如何分配饮食、如何止息哭闹、何时才能离开，大家都会不约而同地把目光投向一个人。这个人，不是村长，不是保安，平日也不多说话，只在危难时刻牵引众人的目光。

其实在和平时期，处处都有类似的"防空洞"，处处都有这种牵引众人目光的人。

在这个意义上，觉悟者必然是济世者。尽管，平日像是个潜伏者，不动声色。

觉悟者深知无常的本相，因而谢绝了有关前途、理想、希望、计划的种种安慰。在他们心中，真正的前途就是永远地面临不测，真正的理想就是不断地挺身而出，真正的希望就是有效地解除危难，真正的计划就是无私地耗尽终生。耗尽了终生也无涉名利，但这恰恰是短暂生存的意义所在。

觉悟者的日常心态之五：**一路好奇**。

危难来时，他们佑护生命；危难过后，他们欣赏生命。

他们所欣赏的美好生命都未经事先安排，是一种纯"自在"状态。觉悟者由寻找到观察，便成了佛经中所说的"观自在"。

由"观"而"悟"，便成了"观自在菩萨"，《心经》里的第一尊称。

觉悟者，就是这样的"观自在菩萨"。

"观自在菩萨"发现了一种最大的"自在"，那就是：一切美好的生命，都处于创造之中。

创造的主要动力是好奇。好奇，是对创造的惊讶和探询，并由此产生一种悬念，于是美好的生命过程就在创造和寻找中蓬勃向前。这样的生命，必然生机倍增。

这里就产生了一个令人神往的循环圈：因好奇而产生悬念，因悬念而不断寻找，因寻找而敏感、新奇，因敏感、新奇而推动创造。然后，又因为创造而吸引好奇，因好奇而产生悬念……一圈圈地转动下去。还是这种转动，使生命光彩熠熠，充满享受。

这就是觉悟者。觉悟者不是天上的导师，而更像在花地里纵情奔跑的小孩，尽管他们的年岁已经不轻。

说到花地里纵情奔跑的小孩，我想起了童年的田野。

童年的田野，满眼都是无际的鲜花，孩子们追逐游戏、翻滚跳跃，已经与田野和鲜花融成一体。这时，如果有一个孩子要采一把鲜花握在自己手里，那就坏了。花茎很韧，采折时会在手上划一道口子。采多了，两手一握，就无法像刚才那样欢快奔跑了，远远落在小伙伴的后面，不知道他们为什么惊呼、为什么大笑。再看自己手上，花都蔫了。

这就是说，整片草地，全部鲜花，只属于两手空空的人。只有两手空空，才能欣赏无数，接纳无数。而且，只有两手空空，才能轻松一路，好奇一路。

这又回到了我所倾心的空境美学。

空境美学，也可以称之为"觉悟美学"、"自在美学"。其中最大的觉悟，就是人要获得自由，必须看空占有。那个满手都是鲜花的孩子，不再享受自由，随之也就不再享受好奇，享受创造，享受探寻。

一路好奇的人，永远像个两手空空的孩子。

很多人总在竭力摆脱孩子般的单纯和洁净，总想在生命的底牌上涂上各种色彩，填满各种文字。殊不知，所有的色彩都会变成生命的锈斑，所有的文字都会变成生命的皱纹。

只有洗去了各种色彩和文字，生命才会返老还童，重拾好奇。天天好奇，月月好奇，年年好奇，似乎永远也"长不大"了。即使到了苍然暮年，仍然保持着好奇。

一路好奇，直到生命之路的尽头。生命之路的尽头，太有悬念了。乐章要结尾了，会不会有一个奇特的高音而卷起满场掌声？夕阳要下山了，会不会有绚丽的晚霞而吸引万人驻足？大江要入海了，会不会有成群的鸥鸟祭奠一个伟大生命的消融？

如果在生命尽头还那么好奇，那么，这个生命也实在是够轻盈、够高贵了。

有些老人在即将离世之际，仍然保持着对生命的好奇。这种状态让人羡慕。

很多年前，我曾为一本美国书籍《相约星期二》写过一篇长序。这本书记述了一位叫莫里·施瓦茨的教授临终前为学生讲的十四堂课。其实这不是一般的课，而是他得了重病，必须请学生与理疗师一起重重地砸打背部，延缓肺部因毒物而硬化。这是被砸的老师与抡拳的学生的对话——

老师："我……早就知道……你想打我。"

学生："谁叫你在大学二年级时给了我一个Ｂ！再来一下重的！"

这就成了孩子般的游戏。

教授直到最后还在说，他梦到一座桥，现在终于可以跨过去了。他好奇地设想，如果上帝再给他一天完全健康的时间，他会做什么，想得兴致勃勃。他更好奇地设想，自己走了之后，学生们会不会常到墓地来看看。他嘱咐学生们到时候还应该多提问题，自己就不回答了，只是笑眯眯地听。但是，学生们会提问题吗？

这些好奇，使他在最后的日子里过得很开心。

我还说到过，一代戏剧大师黄佐临先生在生命的最后时刻还给我写了一封信，说自己已经八十七岁，还准备写一部大书，书名为《世界上最好的戏剧从来就是写意的》。但是，"世界上最好的戏剧"该怎么划分？他还是诡秘而好奇地盘算着。他问我，是不是有点"自不量力"？其实这个问题，也出于他对自己生命的好奇。我相信，他在最后一刻，一定在微笑着自嘲：果然有点自不量力。

一路好奇，使我们的生命没有枯萎的一天。看上去枯萎了，也孕育着对天地宇宙的无限冥思，这不是很美好吗？

附录　略谈人文素养

说明

　　修行，是一个重大的人生工程。正因为重大，就会有很多人参与，随之也出现了不少歧路。最常见的歧路，是把学历、知识、记诵、收藏替代了品行的修养，并把它们称之为"人文素养"。于是，社会上也出现了一种普遍误会，以为有了这些"人文素养"也就自然完成了修行。在这种误会中，每每看到那些"高学历低品德"、"大学问小人格"的人就大吃一惊，不知所措了。

　　因此，我们要对现代社会的一些流行概念多多留神，尽量不要让它们妨碍品德修行的伟大本义。例如前面提到的所谓"人文素养"，可说是最流行的了，但它真正的蕴含可能已经被人们割碎。为此，我曾写过一篇《略谈人文素养》，发表后曾产生过很好的社会影响。且把它作为本书的附录收在这里，证明"人文素养"并不是那些零碎的自我显摆，而是与我们所说的品德修行紧密呼应。只不过，这篇文章在写作当初太注意学术思路，与本书的散文格调有较大差别，希望读者谅解。

"人文"这两个字，用得很普遍，意思却很模糊。

它可以让人联想到人文主义、人文精神、人文科学等一系列大概念。这些大概念的内容，也是广阔而朦胧。简单说来，一开始是为了反对"神学"，回归"人学"，后来则扩大为以人性、人道、人权为核心的价值观念。这是人类取得"近代尊严"的思想保证，都很正面，也很重要。如果有人忽视"人文"、轻慢"人文"，那就等于把自己放在"非人"的地位上了。

在中国古代，这两个字又具有起始性的神秘地位。《周易》二十二卦"贲"中有这样的表述："文明以止，人文也。关乎天文，以察时变；关乎人文，以化成天下。"

在这里，"人文"是与"天文"并列存在的，这是中国"天人合一"思想的起点。

《周易》中的"文"，有"纹饰"之义，也就是指外在形象。《周易》认为，文明的成果是形象。这两句话连在一起可归纳为一种宏伟的思维：观察天文现象可以了解时间之变，观察人文现象可以化育天下。既然"人文"是一种外在形象，那么，观察人文，也就是观察人的生态方式、行为举止、集体形象。《周易》认为，正是这一切，化育了天下。

这种观念，直到今天还让我们肃然起敬。

中国古代，因《周易》的启动，还渐渐形成了一种"以人为本"的文化。例如司马迁写《史记》，由人物形象来提领历史事实，也就是建立了一种"人高于史"的史学。由于《史记》体量巨大，覆盖广远，因而形成了一种整体化、系统化的"以人为本"。这在世界史学领域，高标独立。

受《史记》影响，中国历史上一切比较重要的官员、文人都会非常在意自己在人品、人格上如何"青史留名"。于是，"以人为本"便从一部书的著述实践，变成了几千年的人生实践，实在非同小可。

文化上的"以人为本"，也就是由人来提领各种文化门类。任何一个具体的文化项目，只要有了这种追求，就可以冠以"人文"之名，例如后世流行的"人文地理学"、"人文生态学"、"人文气象学"等等，都是。有的文化项目本来一直以人为中心，像医学，但时间一长也容易产生异化，变成了冷冰冰的科学技术、化学合成，因此便有人提出重新回归对生命整体的关注，出现了"人文医学"。我在全国人文医学大会上发表主旨演讲，就阐释了这个回归过程。

"人文"中的这个"人"字，很容易按照我们的习惯解释成"人民"。这当然也不错，但是由于长期经历了森严的阶级斗争社会，"人民"的概念是与"敌人"的概念对立并存的，其间火血连连，政争缠绕，而且那条界线又时时变动，因此就变得难于把握了。"人文"中的"人"，并没有什么界线划分，是一种浑然一体的人类学意义上的存在。因此，当中国前些年在一次次抗震救灾中上上下下呼喊出"生命第一"的口号时，我曾经非常激动，因为这是未被肢解的人文精神的隆重新生。

人文良知能够在灾难中集中涌现，但在本该集中涌现的文化领域，却步履艰难。除了那些信奉斗争哲学的文人之外，更多的人则把"人文"引向一些小角落的自我显摆。例如，显摆学历，显摆知识，显摆记诵，显摆收藏，等等。于是，"人文"的天地越变越碎，越变越小，已经与《周易》中的"人文"和西方的"人文"关系不大了。

我以毕生的观察、思考和体验，完成了在这个问题上的化繁为简、返璞归真。我认为，无论是人文精神，还是人文素养，说到底无外乎三个方面——

　　第一，关爱生命；

　　第二，敬畏天道；

　　第三，赞美自然。

　　所谓"关爱生命"，是指无界限的普遍同情。即使对于犯错、涉罪的人，也能在服从法制、明辨是非的前提下保持充分的关心。人文素养能够让我们想到，对方也是一具珍贵的生命，也是一具肯定潜藏着人性和良知而未被开发的生命，甚至，是一具已经开发却不小心蒙雾的高贵生命，于是我们心软了。人文，是一种隔阂中的体温，是一种在陌生人之间让对方心头一颤的眼神。抗震救灾的实践又告诉我们，人文，是一种山崩地裂中的及时抵达，是一种面对受难者需求时的断然决定。而且，只要是人，都能立即实行。

　　具有人文素养的人总是抱持着对他人的好意，绝对不会去窥探他人、嫉妒他人、坑害他人、凌驾他人、漠视他人。生活中有不少喜欢折腾人的人，除了种种具体原因外，还有一个根本原因，那就是他们心中少了人文。

　　所谓"敬畏天道"，来自《易经》把"人文"和"天文"进行并列观察的伟大构想。这里所说的"天文"，比现代天文学的范围要大得多，包括着人类难于了解又无法左右的天道、天命。甚至，原来常常被看作迷信的"天怒"、"天谴"、"天惩"，也因一再被历史事实证实而成为由"宇宙大平衡机制"所决定的"大因果报偿法则"，让世人惊悚。从这个意义上说，人文，让人明白自己在天地宇宙间的渺小，在时空坐标中的无奈，因而变得谦逊和收敛。具有人文素养的人，一定比缺乏人文素养的人更安静、更礼让、更自制、更低调，因为他们心中永远有天道需要敬畏，而缺乏人文素养的人心中却没有天道，甚至把自己当作了天。

但是，人文精神也有能力在敬畏中加入更积极、更主动的因素，那就是寻找并建立信仰，并虔诚地把生命安顿。正是这种虔诚，把"人文"联通了"天文"，把"小宇宙"联通了"大宇宙"，因此又由渺小联通了伟大，由微观联通了宏观。于是，一切人文意义上的敬畏和虔诚，都有了宏伟的背景，永远也不会堕落成卑下和奉迎。正如嚣张和骄横绝不是人文，卑下和奉迎也绝不是人文。

所谓"赞美自然"，是上述"关爱生命"和"敬畏天道"这两方面的延伸。我们要赞美的自然，是天道所安排的"另类生命"。这种生命对我们的自身生命，是一种扩大和提升。扩大到人类之外，却又是人类生存的环境。因此，山川花木、风雨晨夕，既是我们生命的依托，又是我们生命的象征。不仅如此，我们又能从自然中发现无限之美，并且同时发现了自己内心的审美天性。于是，发现自然和发现自己成了同一件事。

美是对自然的最高发现，又是对生命的最终肯定。正是美，也只有美，让自然和生命以两相灿烂、两相和谐的方式彼此惊喜。由此，人获得了最佳图像，最美纹饰，也就是《周易》所说的原始意义上的"人文"。其实，如果穿越时空，我们发现，这种"与美共生"的人，也符合西方近代对人的赞颂。请看文艺复兴时的几位大师——达·芬奇、米开朗琪罗、拉斐尔他们所做的，无非是把美还给人。把美还给人，这是人文主义的崇高使命，因此，世上一切具有人文素养的人，必定都是爱美、寻美、护美的人。其中很大一部分，还会投入美的创造，成为专业或业余的艺术爱好者，啸吟江河、感怀林泉、描摹荒漠。即使没有成为这样的艺术爱好者，也必定是自然之美的追寻者、踏访者、投入者。

我把人文素养的要旨，归纳为"关爱生命"、"敬畏天道"、"赞美自然"这三个方面，估计不会有太多的人反对，但大家还是割舍不下那些"衍生物"。难道，学历、知识、记诵、收藏等一般目光中的"人文要件"，就不重要了？

其实都很重要，只不过功能不同。它们，是通向人文圣岛的船筏，却不是人文圣岛本身。把它们全都丢弃了，那就不能引渡。但是，如果把它们当作目标，到了彼岸还不舍弃，那就会无法登上彼岸。

这让我想起《金刚经》里的一段话。

《金刚经》第六品有言："*如来常说汝等比丘，知我说法，如筏喻者，法尚应舍，何况非法。*"

这是如来佛对比丘们说的话。意思是：我给你们说的法，其实也只像船筏，到了彼岸就该舍去。佛法都可以舍去，更何况是别的呢。

这就是说，再好的手段，也不能代替目标。人文的手段太多太多，但手段毕竟只是手段。

不错，那么多的历史读了，那么多的知识学了，那么多的校门进了，那么多的古典啃了，就应该明白，这些都是船筏。它们不管是轻是重，最终的存在价值，只在彼岸。

为什么社会上一批批本该具有人文素养的人，总是让人失望？因为他们一直没有上岸，赖在船上了。

于是，我不得不轻声呼喊：朋友们，下船吧，赶紧上岛！

余秋雨主要著作选目

《文化苦旅》
《千年一叹》
《行者无疆》

《中国文脉》
《君子之道》
《修行三阶》
《极品美学》

《老子通释》
《周易简释》
《佛典译释》
《文典译写》
《山川翰墨》

《借我一生》
《门孔》
《天暮归思》
《秋雨诗选》

《冰河》(小说及剧本)
《空岛·信客》(小说)

《世界戏剧学》

《中国戏剧史》

《观众心理学》

《艺术创造学》

《北大授课》

《境外演讲》

《台湾论学》

注：由以上简目所编"余秋雨定稿合集"，将由磨铁图书陆续推出。

此外，还出版过大量书籍，均在海内外获得畅销。例如：《山居笔记》、《文明的碎片》、《霜冷长河》、《何谓文化》、《寻觅中华》、《摩挲大地》、《晨雨初听》、《笛声何处》、《掩卷沉思》、《欧洲之旅》、《亚非之旅》、《心中之旅》、《人生风景》、《倾听秋雨》、《中华文化·从北大到台大》、《古圣》、《大唐》、《诗人》、《郁闷》、《秋雨翰墨》、《新文化苦旅》、《中华文化四十八堂课》、《南冥秋水》、《千年文化》、《回望两河》、《舞台哲理》、《游走废墟》等。

"余秋雨翰墨展"中个人著作的集中展览

余秋雨文化大事记

- 1946 年 8 月 23 日出生于浙江省余姚县桥头镇（今属慈溪），在家乡读完小学。

- 1957 年至 1963 年，先后就读于上海新会中学、晋元中学、培进中学至高中毕业。其间，曾获上海市作文比赛首奖、上海市数学竞赛大奖。

- 1963 年考入上海戏剧学院戏剧文学系，但入学后以下乡参加农业劳动为主。

- 1966 年夏天遇到了一场极端主义的政治运动，家破人亡。父亲余学文先生因被检举有"错误言论"而被关押十年，全家八口人经济来源断绝；唯一能接济的叔叔余志士先生又被造反派迫害致死。1968 年被发配到军垦农场服劳役，每天从天不亮劳动到天全黑，极端艰苦。

- 1971 年"九一三事件"后，周恩来总理为抢救教育而布置复课、编教材。从农场回上海后被分配到"各校联合教材编写组"，但自己择定的主要任务是冒险潜入外文书库独自编写《世界戏剧学》，对抗当时以"八个革命样板戏"为代表的文化极端主义。

- 1976 年 1 月，编写教材被批判为"右倾翻案"，又因违反禁令主持周恩来的追悼会而被查缉，便逃到浙江省奉化县大桥镇半山一座封闭的老藏书楼研读中国古代文献，直至此年 10 月那场政治运动结束，下山返回上海。

- 1977 年至 1985 年，投入重建当代文化的学术大潮，陆续出版了《世界戏剧学》、《中国戏剧史》、《观众心理学》、《艺术创造学》、*Some Observations on the Aesthetics of Primitive Chinese Theatre* 等一系列学术著作，先后获全国优秀教材一等奖、上海哲学社会科学著作奖、全国戏剧理论著作奖。

· 1985 年 2 月，由上海各大学的学术前辈联名推荐，在没有担任过副教授的情况下直接晋升为正教授。

· 1986 年 3 月，因国家文化部在上海戏剧学院举行的三次民意测验中均名列第一，被任命为上海戏剧学院副院长、院长。主持工作一年后，即被文化部教育司表彰为"全国最有现代管理能力的院长"之一。与此同时，又出任上海市咨询策划顾问、上海市写作学会会长、上海市中文专业教授评审组组长兼艺术专业教授评审组组长。被授予"国家级突出贡献专家"、"上海十大高教精英"等荣誉称号。

· 1989 年至 1991 年，几度婉拒了升任更高职位的征询，并开始向国家文化部递交辞去院长职务的报告。辞职报告先后共递交了 23 次，终于在 1991 年 7 月获准辞去一切行政职务，包括多种荣誉职务和挂名职务。辞职后，孤身一人从西北高原开始，系统考察中国文化的重要遗址。当时确定的考察主题是"穿越百年血泪，寻找千年辉煌"。在考察沿途所写的"文化大散文"《文化苦旅》《山居笔记》等，快速风靡全球华文读书界，由此成为最具影响力的华文作家之一。

· 1991 年 5 月，发表《风雨天一阁》，在全国开启对历代图书收藏壮举的广泛关注。

· 1992 年 2 月开始，先后被多所著名大学聘为荣誉教授或兼职教授，例如复旦大学、上海交通大学、同济大学、上海大学、中国科技大学、西安交通大学等。

· 1993 年 1 月，发表《一个王朝的背影》，充分肯定少数民族王朝入主中原的特殊生命力，重新评价康熙皇帝，开启此后多年"清宫戏"的拍摄热潮。

· 1993 年 3 月，发表《流放者的土地》，系统揭示清朝统治集团迫害和流放知识分子的凶残面目，并展现筚路蓝缕的"流放文化"。

· 1993 年 7 月，发表《苏东坡突围》，刻画了中国文化史上最有吸引力的人格典范，借以表现优秀知识分子所必然面临的一层层来自朝廷和同行的酷烈包围圈，以及"突围"的艰难。此文被海峡两岸暨香港、澳门的报刊广为转载。

· 1993 年 9 月，发表《千年庭院》，颂扬了中国古代最优秀的教学方式——书院文化，发表后在全国教育界产生不小影响。

· 1993 年 11 月，发表《抱愧山西》，系统描述并论证了中国古代最成功的商业奇迹——晋商文化，为当时正在崛起的经济热潮寻得了一个古代范本。此文发表后读者无数，传播广远。

· 1994 年 3 月，发表《天涯故事》，梳理了沉埋已久的海南岛文化简史，并把海南岛文化归纳为"生态文明"和"家园文明"，主张以吸引旅游为其发展前景。

· 1994 年 5 月至 7 月，发表长篇作品《十万进士》(上、下)，完整地清理了千年科举制度对中国文化的正面意义和负面意义。

· 1994 年 9 月，发表《遥远的绝响》，描述魏晋名士对中国文化的震撼性记忆。由于文章格调高尚凄美，一时轰动文坛。

· 1994 年 11 月，发表《历史的暗角》，系统列述了"小人"在中国文化中的隐形破坏作用，以及古今君子对这个庞大群体的无奈。发表后在海峡两岸暨香港、澳门引起巨大反响，被公认为"研究中国负面人格的开山之作"。

· 1995 年 4 月，应邀为四川都江堰题写自拟的对联"拜水都江堰，问道青城山"，镌刻于该地两处。

· 1996 年 7 月，多家媒体经调查共同确认余秋雨为"全国被盗版最严重的写作人"，由此被邀请成为"北京反盗版联盟"的唯一个人会员，并被聘为"全国扫黄打非督导员（督察证为 B027 号）"。

· 1998 年 6 月，新加坡召集规模盛大的"跨世纪文化对话"而震动全球华文世界。对话主角是四个华人学者，除首席余秋雨教授外，还有哈佛大学的杜维明教授、威斯康星大学的高希均教授和新加坡艺术家陈瑞献先生。余秋雨的演讲题目是《第四座桥》。

· 1999年2月，为妻子马兰创作的剧本《秋千架》隆重上演，极为轰动，打破了北京长安大戏院的票房纪录。在台湾地区演出更是风靡一时，场场爆满。

· 1999年开始，引领和主持香港凤凰卫视对人类各大文明遗址的历史性考察，成为目前世界上唯一贴地穿越数万公里危险地区的人文教授，也是"9·11"事件之前最早向文明世界报告恐怖主义控制地区实际状况的学者。由此被日本《朝日新闻》选为"跨世纪十大国际人物"。

· 2002年4月，应邀为李白逝世地撰写《采石矶碑》（含书法），镌刻于安徽马鞍山三台阁。

· 从2000年开始，由于环球考察在海内外所造成的巨大影响，国内一些媒体为了追求"逆反刺激"的市场效应而发起诽谤。先由北京大学一个学生误信了一个上海极左派文人的传言进行颠倒批判，即把当年冒险潜入外文书库独自编写《世界戏剧学》的勇敢行动诬陷为"文革写作"，并误植了笔名"石一歌"。由此，形成十余年的诽谤大潮，并随之出现了一批"啃余族"。余秋雨先生对所有的诽谤没有做任何反驳和回击，他说："马行千里，不洗尘沙。"

· 2003年7月，由于多年来在中央电视台的文化栏目中主持"综合文史素质测试"而成为全国观众的关注热点，上海一个当年的造反派代表人物就趁势做逆反文章，声称《文化苦旅》中有很多"文史差错"，全国上百家报刊转载。10月19日，我国当代著名文史权威章培恒教授发文指出，经他审读，那个人的文章完全是"攻击"和"诬陷"，而那个人自己的"文史知识"连一个高中生也不如。

· 2004年2月，由于有关"石一歌"的诽谤浪潮已经延续四年仍未有消停迹象，余秋雨就采取了"悬赏"的办法。宣布"只要证明本人曾用这个笔名写过一篇、一段、一节、一行、一句这种文章，立即支付自己的全年薪金"，还公布了执行律师的姓名。十二年后，余秋雨宣布悬赏期结束，以一篇《"石一歌"事件》做出总结。

· 2004 年 3 月，参加联合国开发计划署《人类发展报告》的设计、研讨和审核。

· 2004 年年底，被联合国教科文组织、北京大学、《中华英才》杂志社等单位选为"中国十大文化精英"、"中国文化传播坐标人物"。

· 2005 年 4 月，应邀赴美国巡回演讲：

1）4 月 9 日讲《中国文化的困境和出路》（在纽约市立大学亨特学院）；

2）4 月 10 日讲《中国知识分子的问题所在》（在北美华文作家协会）；

3）4 月 12 日上午讲《空间意义上的中华文化》（在马里兰大学）；

4）4 月 12 日下午讲《君子的脚步》（在华盛顿国会图书馆）；

5）4 月 13 日讲《时间意义上的中华文化》（在耶鲁大学）；

6）4 月 15 日讲《中国文化所追求的集体人格》（在哈佛大学）；

7）4 月 17 日讲《中华文化的三大优势和四大泥潭》（在休斯敦美南华文写作协会）。

· 2005 年 7 月 20 日，在联合国"世界文化大会"上发表主旨演讲《利玛窦的结论》，论述中国文明自古以来的非侵略本性，引起极大轰动。演说的论据，后来一再被各国政界、学界引用。收入书籍时，标题改为《中华文化的非侵略本性》。

· 2005 年 11 月，应邀撰写《法门寺碑》（含书法），镌刻于陕西法门寺大雄宝殿前的影壁。

· 2006 年 4 月，应邀撰写《炎帝之碑》（含书法），镌刻于湖南株洲炎帝陵纪念塔。

· 2005 年至 2008 年，被香港浸会大学聘请为"健全人格教育奠基教授"，每年在香港工作时间不少于半年。

· 2006 年，在香港凤凰卫视开办日播栏目《秋雨时分》，以一整年时间畅谈中华文化的优势和弱势，播出后在海内外产生广泛影响。

· 2007 年 1 月，发表《问卜中华》，详尽叙述了甲骨文的出土在中国文明濒临湮灭的二十世纪初年所带来的神奇力量，同时论述了商代的历史面貌。

· 2007 年 3 月，发表《古道西风》，系统叙述了中华文化的两大始祖老子和孔子的精神风采。

· 2007 年 5 月，发表《稷下学宫》，对比古希腊的雅典学院，将两千年前东西方两大学术中心进行平行比照。

· 2007 年 7 月，发表《黑色的光亮》，以充满感情的笔触表现了平民思想家墨子的人格光辉。

· 2007 年 8 月，应邀为七十年前解救大批犹太难民的中国外交官何凤山博士撰写碑文（含书法），镌刻于湖南益阳何凤山纪念墓地。

· 2007 年 9 月，发表《诗人是什么》，论述"中国第一诗人"屈原为华夏文明注入的诗化魂魄，分析了他获得全民每年纪念的原因，并解释了一些历史误会。

· 2007 年 11 月，发表《历史的母本》，以最高坐标评价了司马迁为整个中华民族带来的历史理性和历史品格。

· 2008 年 5 月 12 日，中国发生"汶川大地震"，第一时间赶到灾区参加救援。见到遇难学生留在废墟间的破残课本，决定以夫妻两人三年薪水的总和默默捐建三个学生图书馆，却被人在网络上炒作成"诈捐"，在全国范围喧闹了两个月之久。后由灾区教育局一再说明捐建实情，又由王蒙、冯骥才、张贤亮、贾平凹、刘诗昆、白先勇、余光中等名家纷纷为三个学生图书馆题词，风波才得以平息。

· 2008 年 9 月，上海市教育委员会颁授成立"余秋雨大师工作室"。上海市静安区政府决定为"余秋雨大师工作室"赠建办公小楼。

· 2008 年 12 月，为妻子马兰创作的中国音乐剧《长河》在上海大剧院隆重上演，受到海内外艺术精英的极高评价。

· 2009 年 5 月，应邀为山西大同云冈石窟题词"中国由此迈向大唐"，镌刻于石窟西端。

· 2010 年 1 月，《扬子晚报》在全国青少年读者中做问卷调查"你最喜爱的中国当代作家"，余秋雨名列第一。"冠军奖座"是钱为教授雕塑的余秋雨铜像。

· 2010 年 3 月 27 日，获澳门科技大学所颁"荣誉文学博士"称号。同时获颁荣誉博士称号的有袁隆平、钟南山、欧阳自远、孙家栋等著名专家。

· 2010 年 4 月 30 日，接受澳门科技大学任命，出任该校人文艺术学院院长。宣布在任期间每年年薪五十万港元全数捐献，作为设计专业和传播专业研究生的奖学金。

· 2010 年 5 月 21 日，联合国发布自成立以来第一份以文化为主题的"世界报告"，发布仪式的主要环节，是联合国教科文组织总干事博科娃女士与余秋雨先生进行一场对话。余秋雨发言的标题为《驳"文明冲突论"》。

· 2012 年 1 月至 9 月，最终完成以莱辛式的"极品解析"方法来论述中国美学的著作《极品美学》。

· 2012 年 10 月 12 日，中国艺术研究院成立"秋雨书院"。北京众多著名学者、企业家出席成立大会，并热情致辞。该书院是一个培养博士生的高层教学机构，现培养两个专业的博士研究生：一、中国文化史专业；二、中国艺术史专业。

· 2013 年 10 月 18 日下午，再度应邀赴美国纽约联合国总部大厦演讲《中华文化为何长寿》。当天联合国网站将此演讲列为国际第一要闻。

- 2013 年 10 月 20 日，在纽约大学演讲《中国文脉简述》。

- 2013 年 12 月，完成庄子《逍遥游》的巨幅行草书写，并将《逍遥游》译成可诵可吟的现代散文。

- 2014 年 1 月，完成屈原《离骚》的巨幅行书书写，并将《离骚》译成可诵可吟的现代散文。

- 2014 年 1 月 31 日，完成《祭笔》。此文概括了作者自己握笔写作的艰辛历程。

- 2014 年 3 月，发表以现代思维解析《般若波罗蜜多心经》的文章《解经修行》，并由此开始写作《修行三阶》、《〈金刚经〉简释》、《〈坛经〉简释》。

- 2014 年 4 月，《余秋雨学术六卷》出版发行。

- 2014 年 5 月，古典象征主义小说《冰河》(含剧本) 出版发行。

- 2014 年 8 月，系统论述中华文化人格范型的《君子之道》出版发行，立即受到海峡两岸读书界的热烈欢迎。

- 2014 年 10 月，《秋雨合集》二十二卷出版发行。

- 2014 年 10 月 28 日，出任上海图书馆理事长。

- 2015 年 3 月，再度应邀在海峡对岸各大城市进行"环岛巡回演讲"，自台北市、新北市、台中市到高雄市。双目失明的星云大师闻讯后从澳大利亚赶回，亲率僧侣团队到高雄车站长时间等待和迎接。这是余秋雨自 1991 年后第四次大规模的环岛演讲。本次演讲的主题是"中华文化和君子之道"。

- 2015 年 4 月，悬疑推理小说《空岛》和人生哲理小说《信客》出版。

- 2015 年 9 月，应邀为佛教胜地普陀山书写《心经》，镌刻于该岛回澜亭。

- 2016 年 3 月，应邀为佛教胜地宝华山书写《心经》，镌刻于该山平台。

- 2016 年 7 月，中华书局出版《中华文化读本》七卷，均选自余秋雨著作。

· 2016 年 11 月，被选为世界余氏宗亲会名誉会长。

· 2017 年 5 月 25 日至 6 月 5 日，中国美术馆举办"余秋雨翰墨展"（中国艺术研究院主办），参观者人山人海，成为中国美术馆建馆半个多世纪以来最为轰动的展出之一。中国文联主席兼中国作协主席铁凝说："这个展览气势恢宏，彰显了秋雨先生令人慨叹的文化成就，使我对先生的为人和为文有了新的感受。"中国书法家协会原主席张海说："即使秋雨先生没有写过那么多著作，光看书法，也是真正专业的大书法家。"国务院参事室主任王仲伟说："余先生的书法作品，应该纳入国家收藏。"据统计，世界各地通过网络共享这次翰墨展的华侨人数，超过千万。

· 2017 年 9 月，记忆文学集《门孔》出版发行。此书被评为《中国文脉》的当代续篇，其中有的文章已成为近年来网上最轰动的篇目。作者以自己的亲身交往描写了巴金、黄佐临、谢晋、章培恒、陆谷孙、星云大师、饶宗颐、金庸、林怀民、白先勇、余光中等一代文化巨匠，同时也写了自己与妻子马兰的情感历程。作者对《门孔》这一书名的阐释是："守护门庭，窥探神圣。"

· 2017 年 12 月，《境外演讲》出版发行。此书收集了作者在联合国的三次演讲，又汇集了在美国各地和我国港澳地区巡回演讲和电视讲座的部分记录，被专家学者评为"打开中华文化之门的钥匙"。

· 2018 年全年，应喜马拉雅网上授课平台之邀，把中国艺术研究院"秋雨书院"的博士课程向全社会开放，播出《中国文化必修课》。截至 2019 年 10 月，收听人次已经超过六千万。

（周行、刘超英整理，经余秋雨大师工作室校核）

图书在版编目（CIP）数据

修行三阶 / 余秋雨著 . —北京：北京联合出版公
司，2020.10
ISBN 978-7-5596-4545-6

Ⅰ . ①修… Ⅱ . ①余… Ⅲ . ①散文集 – 中国 – 当代
Ⅳ . ① I267

中国版本图书馆 CIP 数据核字（2020）第 169915 号

修行三阶

作　　者：余秋雨
出 品 人：赵红仕
责任编辑：高霁月

北京联合出版公司出版
（北京市西城区德外大街 83 号楼 9 层　100088）
河北鹏润印刷有限公司印刷　新华书店经销
字数 200 千字　　600 毫米 × 960 毫米　1/16　17.5 印张
2020 年 10 月第 1 版　2020 年 10 月第 1 次印刷
ISBN 978-7-5596-4545-6
定价：52.00 元